小説

夜のクラゲは泳げない

JELLYFISH CAN'T SWIM IN THE NIGHT

屋久ユウキ

イラスト popman3580

原作 JELEE

contents

Design : caiko monma + yui tadokoro (musicagographics)

he night.

Jellyfish

an't swim in t

can't swim in

the night.

小説

夜のクラゲは泳げない

JELLYFISH CAN'T SWIM IN THE NIGHT

2

光月《こうづき》まひる

ことなかれ主義の量産型女子高生。
花音との出会いをきっかけに、「海月ヨル」として「JELEE」のイラストを担当する。

山《やま》ノ《の》内《うち》花《か》音《の》

やりたいことに一直線な元アイドル。
「橘ののか」として「サンフラワードールズ」のセンターを務めていた。
「JELEE」として「JELEE」の作詞・歌唱を担当する。

高梨《たかなし》・キム・アヌーク・めい

音大附属高校に通うお嬢様で、「橘ののか」の熱烈なファンだった。「木村ちゃん」として、「JELEE」の作曲を担当する。

渡瀬《わたせ》キウイ

VTuberとして活動する、まひるの幼馴染。
「竜ヶ崎ノクス」として「JELEE」の動画制作などを担当する。

みー子《こ》

自称・銀河系最強アイドルの卵。「JELEE」の大事な局面に居合わせることが多い。

馬《ば》場《ば》亜《あ》璃《り》恵《え》瑠《る》

みー子のファン。

小《こ》春《はる》

キウイと花音が免許合宿で出会った、ミステリアスな雰囲気の女性。

光《こう》月《づき》佳《か》歩《ほ》

まひるの妹。
小五にしてはマセた感性の持ち主。

山《やま》ノ《の》内《うち》美《み》音《おん》

花音の姉。ホス狂の酒カスだが、妹想いの良き理解者。

早《はや》川《かわ》雪《ゆき》音《ね》

花音の母にして、「サンフラワードールズ」の敏腕プロデューサー。

本文挿絵／谷口淳一郎

これまでのあらすじ

0~1 夜のクラゲ

光月まひるは、夜の渋谷で山ノ内花音と出会う。

匿名シンガー「JELEE」として活動する花音は、大好きな「クラゲの壁画」の描き手であるまひるを仲間に誘う。ハロウィンの日に花音と再会したまひるは、共に活動することを決意する。

2 めいの推しごと

まひると花音のバイト先に現れたのは、花音のアイドル時代のファン、高梨・キム・アヌーク・めい。めいは、「解釈違い」だと今の花音を否定するような言葉をぶつける。

3 渡瀬キウイ

作曲担当としてめいが「JELEE」に加わるも、動画編集のできるメンバーが必要に。まひるが閃いたのは、VTuber「竜ヶ崎ノクス」として活動する幼馴染・渡瀬キウイだった。

4 両A面

キウイも「JELEE」に加わり、花音の家で作業をすることに。意見のすれ違いから花音が家を飛び出してしまうも、３人は花音の姉・美音から、花音の過去を聞く。

想いをすり合わせた４人は作業を再開し、新曲『月の温度』をアップするが——。

5 コメント欄

花音《かの》ちゃんの家のロフトの上に、四人が集まっている。

めいちゃんに起こされて、昨日アップした新曲がバズっていることを知ったのが数分前。

そして四人で顔を寄せ合ってパソコンの画面を凝視しているのがいまだった。

画面にはアニメアイコンのＸアカウントのポストが表示されていて、JELEE《ジェリー》の新曲『月の温度』の動画の一部を切り抜いた動画が転載されていた。

そのポストは二万一〇〇〇ＲＰされていて、私たち本家の動画よりもインプレッションが圧倒的に多い。私たちの動画が八〇〇〇ＲＰくらいであったことを考えると、きっとこの三倍近く伸びているポストにこそバズの真相がある。

私たちは固唾《かたず》を呑《の》みながら、その画面を見つめていた。

花音ちゃんがマウスを操作する。再生ボタンをクリックすると、動画が流れはじめた。

動画は一番のサビの終盤から始まり、サビの最後のフレーズを花音ちゃんが歌い上げたあと、すぐに間奏に入る。

やがて間奏の途中で禍々《まがまが》しいテロップが表示されて——

同時に、うっすらと女性の声が流れてきた。


——『助けて……』


曲に混じっていたのは、息も絶え絶えで苦しそうな声。

それはまるでこの世に絶望した若い女性の苦悶《くもん》の叫びのようで。

続いてホラー番組の演出みたいに画面がブラックアウトしていくと、『おわかりいただけただろうか……?』という文字とともに、動画は終了する。

その動画が貼り付けられたポストには——『呪《のろ》いの動画を見つけてしまった』という文章が添えられていた。

「……」

四人で顔を見合わせる。

つまり、私たちの初めてのバズ動画は、楽曲ではなくこのオカルトめいた音声を面白がる人たちの拡散によるもので。

そして。

たぶん私たちはもう、この声の正体を理解していた。

四人で顔を見合わせていると、花音《かの》ちゃんの部屋の閉まった扉の向こう側から、声が聞こえてくる。

「わ、私を捨てないでぇ……助けて……っ！」

昨日何度も聞いた声。担当のストーリーに被《かぶ》りのネイルがどうのと言いながら部屋に入ってきたその人が布団で何度もあげていた呻《うめ》き声は、まさしく私たちがいま動画で聞いた声と、同じもので。

「お・ね・え・ちゃん！」

花音ちゃんが恨めしそうに叫ぶ。

つまりは――この『呪いの動画』なる声の正体は。

ただ単純に――ホス狂いの叫びだ。

＊＊＊

た。

バイト先のカフェバー。

花音《かの》ちゃんがジョッキに入ったジュースを一気飲みして、がしゃんとテーブルに力強く置いた。

「なーにが呪《のろ》いの歌じゃ！」

なんかすごいビールみたいな動きだけど、入ってたのはオレンジジュースだ。花音ちゃん、大人になったら酒乱になったりするのかな、とか思いながら私は大人しくレモンティーを飲んでいる。めいちゃんも一緒にテーブルを囲んでいて、キウイちゃんはノクスのLive2Dアバターを表示しながらリモート参加していた。

「私がメールで送るファイル間違えたから……」

私が落ち込みながら言うと、キウイちゃんの声がスピーカーから届く。

『や、みんな寝不足だったし、私ももっとわかりやすく指示するべきだったよ』

「誰のせいとかはいいの！　問題はこれ！」

花音ちゃんはXの検索タブのテキストボックスに『JELEE《ジエリー》』と入れながら言う。すると、予測として『JELEE　聞くと死ぬ』というとんでもない文章がサジェストされた。私は不謹慎ながらちょっと笑いそうになってしまったので、太もものあたりをつねってやりすごす。

「死ぬなんてあり得ません！　むしろ生きがいをもらえる歌なんですから！」

めいちゃんが顔を真っ赤にして叫んでいる。そりゃあ推しがこんな言われ方をしたら怒るよね。そんなめいちゃんを、キウイちゃんが画面越しになだめる。

『けどま、伸びたんだからいいじゃん。動画にも良い影響出てきてるしさ』

「それはそうなんだよね……」

花音ちゃんが唇を尖《とが》らせながら言って、YouTubeに上がっているJELEEチャンネルの動画を見る。私たちの新曲『月の温度』再生数は五万を超えていて、一作目の数字を大きく超えていた。

「……五万……ぐへへ」

『現金なやつだな？』

だらしなく笑う花音ちゃんに、キウイちゃんが呆《あき》れる。

「だ、だってこんな数字初めて……」

「でも……すごいよね。だってまだアップして二日でしょ？　大成功じゃない？」

私が花音ちゃんに同調すると、

『リアクションも悪くないしな』

キウイちゃんが画面共有機能で示したコメント欄には、『呪いの曲を聞きにきたつもりだったけど、普通に良い曲で草』『むしろこれで知れた俺たちは古参』『もう10回聞いてるけどまだ死ねないな……もう一回聞いてきます！』みたいなコメントが並んでいて、いいねを集めている。

めいちゃんはそれを読みながら、ふんすふんすと鼻息を荒くした。

「一度聞いてしまえばののたんの魅力にはあらがえません！」

怒ったり興奮したりすごく忙しいけれど、私もそれには同意だ。

「出会いはきっかけでしかないもんね」

私が頷《うなず》くと、花音《かの》ちゃんはこほんと咳払《せきばら》いして、場を改めるように。

「だね！　じゃあまずは一歩前進ってことで……改めて――」

私たちはにんまりと、共犯者みたいに顔を見合わせて。


「「「かんぱーい！」」」

三人で声を合わせると、少し遅れてパソコンから『かんぱいっ』と、キウイちゃんの声が聞こえた。

＊＊＊

数日後の朝。

私は学校に向かいながらも、一人Xを見ていた。

JELEE《ジエリー》のアカウントにログインしてみると、通知のタブの上に青く『20＋』の文字が表示されている。それは通知の数が表示最大数の二〇を超えていることを表していて、つまり前回確認してからそれだけのリアクションをもらえているということだ。

「……ふふ。あ」

一人で漏らしてしまっていた笑いに気がついて、私は自分で自分をたしなめる。

上から下に、ぐぐっとスワイプしてぱっと離すと、私たちを承認する文章が上から生まれてきて、過去を下に押し流す。新しい通知の背景が薄い水色になっているのもなんだかほのかに光っているように見えて、なんかこう、射幸心みたいな気持ちを煽《あお》るんだよな。

──『くりすぴ@ボカロ祭り参戦さんと他12人があなたのポストをリポストしました』

──『朧《おぼろ》さんと他23人があなたのポストをいいねしました』

──『Joe Gamalielさんと他8人にフォローされました』

スワイプの度に増えるいいねとRP。フォロワーも五〇〇〇を超えていて、ノリに乗っているって気分になる。いまだに増え続ける秒単位でやってくる通知は、いままで私が経験したことのない体験だった。

「……おお、こっちも」

アカウントを切り替えて『海月《うみつき》ヨル』にログインすると、私が昨日の夜に投稿した、これからJELEE《ジエリー》の一員として活動していく旨の文章と、JELEEちゃんを描いたイラストを載せたポストに四〇〇いいねくらいついていた。JELEE本家のアカウントと比べると勢いは少ないもののの、いままでの絵はついて一〇〜二〇いいねとかくらいだったので、十倍とかいう騒ぎではない。フォロワーも一〇〇〇を超えていた。

「……よっし」

十二月の朝、冷たい空気を跳ね返すくらいにはほくほくな気持ちになった私は、スマホをしまうと校門をくぐった。

＊＊＊

数時間後。

私は四時間目の現代文の授業を受けながらも、机の下でこっそりスマホをいじっている。周りと合わせる優等生光月《こうづき》まひる、いままでそんなマナーの悪いことはしたことがなかったのだけど、なんせJELEEはメンバーの半分が不登校という、とてもバランスの取れたグループだからね。足並みを揃《そろ》えるためには多少のやんちゃは必要なのである。

画面に表示されているのは、キウイちゃんが作ってくれた会議用のDiscordのサーバーだ。

山ノ内花音《やまのうちかの》：次の曲、MVにもこだわりたいと思ってて！
木村《きむら》ちゃん：賛成です!!

花音ちゃんの提案に、花音ちゃん専用のあだ名『木村ちゃん』を名乗っているめいちゃんが即レスする。めいちゃん、普段はマイペースでレスしてくるんだけど、花音ちゃんの問いにだけはいつも即レスなんだよな……。

竜ヶ崎《りゅうがさき》ノクス：どんなイメージだ？
山ノ内花音：JELEEちゃんを、クラゲと一緒に泳がせたくて！
木村ちゃん：素敵です!!
山ノ内花音：JELEEちゃんの頭身も、前よりもリアルにしたいなーとか！
木村ちゃん：最高です!!
竜ヶ崎ノクス：なるほど。けどそれだと、まひるの負担が大きいかもな
山ノ内花音：そっか……ヨル、どうする？
木村ちゃん：どうしますか!?

海月《うみつき》ヨル：えーと

花音《かの》ちゃんが本名を使っている以外はみんなもう一つの名前を名乗っているこのサーバーは私にとって居心地がよくて。

創作意欲に満ちあふれたチャットを見ながら、私は考えていた。

泳がせたい、リアルにしたい、か。

アニメMVっぽくするならさすがに厳しいだろう。けど、泳がせると言ってもたぶんいろいろなやり方が——

「……づき。光月《こうづき》！」

「へぁ!?」

不意に担任の先生に名前を呼ばれて、私は間抜けな声をあげてしまう。くすくす笑う生徒たちの声が聞こえる。

「話聞いてたのか？」

「す、すいません」

私の謝罪をきっかけに、クラスの笑いはどっと大きくなる。けれど不思議と私は、そのことがあまり気になっていなかった。……いや、よくないことはしてるから気にしたほうがいいのか。

会議のチャットには、新しい文面が追加されている。

海月ヨル：私、そのMVやってみたい！

＊＊＊

放課後。家電量販店。

私はイラスト機材の売り場で、新しいペンタブを品定めしていた。手には一軒前に行ってきた書店の袋を持っていて、そこにはイラストソフトの使い方の教本や、クラゲの生態が載った図鑑が入っている。

教本はいま使ってるソフトをもっと使いこなすために、図鑑はクラゲの生態を詳しく知るために。クラゲとはいえ擬人化したキャラであるJELEE《ジェリー》ちゃんを描くのに必要かはわからなかったけど、少なくとも刺激はもらえると思って買ってみたのだ。

店内を物色し、目についた新しいペン先を手に取る。そういえば随分前に買ってからすり減っているなとは思いつつ、使えるからいいかと見て見ぬフリしてきたペン先。そろそろ替えるタイミングが来ただろうか。

「……おー」

不意に目に入ったのは、液晶タブレットについた紹介ポップだった。

ワコムの高級液タブからぴょこんと『くろっぷ氏使用！』と絵師さんコラボの紹介ポップが飛び出している。くろっぷさんといえば、繊細な草木などの自然と女の子の対比を活かしたイラストで有名な絵師さんで、私も何年も前からフォローしていた。フォロワーは二〇万人を超える、いわゆる神絵師である。

私はその脇《わき》にある試し書き用のペンを手に取ると、起動してあるペイントソフトに線を描き入れていく。私もこれからJELEE《ジエリー》を続けてこんな機材をいつか買えたら、くろっぷさんみたいになれるのだろうか、とか思うと、もわもわと妄想が広がってきた。

液タブから飛び出ているポップに『海月《うみつき》ヨル氏使用！』と書かれていて——その横をクソデカなグラサンをつけて変装した私が歩いていたりして。私が『やれやれ、私のポップがあるねえ』とか思いながらそこを通りかかっていると、少し離れたところから女子学生二人がひそひそと噂《うわさ》するのだ。

「ねえ！　あれってもしかして！」

「だよね!?　変装しててもオーラが！」

どうやら神絵師・海月ヨルのファンらしい。まったく、インタビューで少し顔出しをしたことがあるだけなのに、グラサンをかけた私を見破るなんてなかなかディープなファンだね。

そんなかわいいファンの子たちに、私は少しだけサングラスをズラして微笑《ほほえ》み、手を振ってファンサしてやるのだった――

「……いやいや」

一人でなーにを考えてるんだ私は。現実には虚空に向かってエアグラサンをズラしている私が家電量販店の一角にぽつん、といるだけだ。虚《むな》しくなってきた私は液タブに描いていたそこそこ上手くらいのクラゲを見ながら、一人で苦笑した。

＊＊＊

「なるほど……。オリジナルブラシ……」

家に帰った私は早速買ってきた教本を読みながら、タブレットの前で新しいことに挑戦している。塗りがワンパターンにならないようにするためにはブラシの形を複雑なものにするといい旨が書かれていたのだけど、どこかで配布されている物を使うとどうしても誰かと被《かぶ》ってしまう。だったら自分が気に入るまで形を作り込もうと、作業に没頭していた。

……の、だけれど。

「んー……」

ちらちら、と。

「……うーん」

ベッドの上に置いてあるスマホが、気になった。

頭に浮かぶのはYouTubeの再生画面と、Xの通知欄の数字バッジだ。

いまは何再生だろう、いまは何いいねだろう。

そんなことがずっと無性に気になって、ブラシ作りに身が入らない。常に頭の三割くらいの意識をそちらに持っていかれているような気分だ。

「……ふむ」

ということで私は立ち上がり、ベッドに雑に投げてあったスマホを手に取る。身が入らないなら一旦チェックしてガスを抜いちゃったほうがいいからね、みたいな言い訳を頭で唱えながら、まずはYouTubeを開いて動画の再生数をチェックした。

すると。

「おお!」

昨日まで七万数千くらいで勢いが落ちていた私たちの動画が、八万再生までいっていた。

これなら本当に一〇万再生も、夢じゃないんじゃないか。

「……くぅ〜っ」

なんだろうか、この高揚感は。

もちろん自分の力だけで得た結果じゃないし、それどころかイラストを描いただけの私の手柄は多く見積もっても四分の一、動画に与えた影響を考えるとそれ以下だと思ったほうが妥当だろう。けど。

海月《うみつき》ヨル：八万再生までいってた！

私は思わずDiscordのサーバーでそんなことを報告して、ちゃっかりスクショまで貼っちゃったりして。なんか自分がご機嫌なのがみんなにも伝わっちゃった感じがして、恥ずかしくなってきた。なーにやってんだ、とか一人で思いながらも、私はなんだかんだまんざらでもない気持ちで今日買ってきた本のうちのもう一冊、クラゲの図鑑をめくる。

世界にはこんなにもいろんなクラゲがいるんだな、と思いながらも、ふと私の手は、オワンクラゲのページで止まった。このクラゲのことを、私はよく知っている。

そこに書いてある、とある一節に目を引かれた。

タンパク質がカルシウムイオンを青い光に変えて、その光をもう一つのタンパク質が吸収し、緑色に発光する。青く光ってからわざわざ緑に変えるという、どうしてそんな過程を踏むのかわからない複雑な発光現象で、水族館では外から紫外線を放射するブラックライトを当てることでその性質を利用して、クラゲを光らせている。

泳げないクラゲが輝く仕組みだ。

――『私もッ!!　花音《かの》ちゃんのそばにいたら、輝けるかな!?』

私は最近ずっと花音ちゃんの側《そば》にいるけれど。

あのとき言ったことを、私は実現できているのだろうか。

私はなんだかセンチメンタルな気持ちになって、Discordのテキストボックスに『私も、ちょっとは輝けるようになったかな』と打ち込んでしまう。

けれど、そんなところではっと、我に返った。

「……っ。……じゃないっつーの」

赤面しながらそれを消す。もう一度絵を描きはじめてからの私はなんだか変だ。こうしてすぐにテンションが上がって、恥ずかしいことを言いそうになって。

「はあ……」

ため息をつく。けれどこれって、自分の本音みたいなものと、向き合えるようになったってことでもあるのかもしれない。

「だとしたら……ま、悪いことじゃないか」

少なくとも、本音を言えずに自分を曲げてばかりの私よりは、ね。

私は冷静になると、もう一度図鑑のクラゲをじっと見つめる。

クラゲは――光る仕組みは解明されているけれど、なぜ光っているのかは解明されていない。それによって身を守るわけでも、餌《えさ》を見つけるわけでもないから、なんのために自らの貴重なエネルギーの一部をそこに割いているのかは、未《いま》だにわかっていないらしい。

説明にはそう書かれているけれど。

クラゲ人間である私には、なんとなくわかるような気がした。

というよりもきっと――理由なんてないのだ。

なにかするためにとか、生き残るためとか、そんなことじゃなくて。

きっと彼らも――ただ輝きたいだけなんじゃないかな、なんて。

「って……そんなわけないか」

私はそのまま鼻歌交じりで動画のコメント欄を開き、『呪《のろ》いの歌をきっかけにファンになった俺たちはもはや古参』『このまま10万再生いけえええええ』みたいな応援コメントを浴びる。

私の心が満たされていく。

「――え」

しかし不意に。

私の胸にちくり、と痛みが走った。

目に飛び込んできたのは、あまりにシンプルで短く――けれど、明確に人を刺す文章。

『イラストだけしょぼくね？』

コメントには、九つのいいねがついていた。

＊＊＊

翌日の学校帰り。私たちは制服で宮下《みやした》パークに集まって、今回の動画の成功を讃《たた》え合っている。会議ということで集まったけれど、なんというかただ、集まりたかっただけのような気がした。キウイちゃんはノクスの姿でリモート参加だ。

「二曲目でこの結果！　やはり私の目に狂いはなかった！」

花音《かの》ちゃんが言うと、キウイちゃんがふふん、と鼻を鳴らす。

『このキウイさまを誘う決断は悪くなかったぞ！　もちろん、花音の歌もな』

「すごいです！　さすがみなさんです！」

パチパチと拍手するめいちゃんに、花音ちゃんが笑いかけた。

「なーに言ってんの！　めいの曲があってこそだって！」

「ののたん……好き……」

いつもみたいに騒がしい会話。

けれど私はそんな三人の会話が、どこか人ごとっぽく聞こえていた。

あの短い言葉が、頭にこびりついて離れない。

『イラストだけしょぼくね？』

花音ちゃんが話している。この成功が誰のおかげなのか。

きっとそれは少なくとも、私のおかげでは――

「ヨルの絵も、本当に良かった！」

花音ちゃんが無邪気に笑って、そう言ってくれる。

はたして本当にそうだろうか。

「あはは……ありがと」

やはりどこか気のない返事をしてしまうと、花音ちゃんがきょとんと私を見た。

『そうだ、これ見たか？』

不意に、キウイちゃんがDiscordにXの画面を共有する。話が逸《そ》れてくれて助かったな、なんて思いながらも、私はそれを見る。そこには私が描いたものではない、JELEE《ジェリー》ちゃんのキャラクターが表示されていた。

「キウイ！　これって……！」

花音《かの》ちゃんは身を乗り出して喜ぶ。

「ファンが描いてくれたんですか⁉」

めいちゃんも声をあげて、うるうると目を潤《うる》ませている。

『おう。いわゆる二次創作、ファンアートってやつだ』

「ファンアート……」

花音ちゃんがしみじみと実感している横で、私は気がついた。

「え！　この人……」

『お、さすがまひる。結構有名な人だよな』

そこに表示されていたのは、私の知っている絵師のアカウントだった。

名前は『くろっぷ』。

私が家電量販店のポップで見た――『いわゆる神絵師』だ。

花音ちゃんはじっと、そのイラストを見つめている。

「……すごい」

呆然《ぼうぜん》としているくらいの表情で、言葉を続けた。

「これ、私たちが考えたキャラクターを、描いてくれたってことだよね？」

『そうだな』

キウイちゃんが、くすっと笑いながら言った。

「こんなに絵が上手《うま》い人がJELEEのために時間を使って、描いてくれたんだよね!?」

「……ですね」

めいちゃんも微笑《ほほえ》みながら頷《うなず》く。

花音ちゃんはわなわなと震えるようになにかを嚙《か》みしめたあと、ぱあっと弾けるように笑った。


「すごいよ！　私たちの動画——世界に届いてる！」


両手を上げて、それこそ世界に届けるみたいに大きな声で。

たしかにこれって、すごいことだ。

世間を知らない高校二年生のたった四人で作ったミュージックビデオが、こんなふうにたくさんの人に再生されて。こんなにたくさんのリアクションを貰《もら》って、人の心を動かしている。

ただ数字が増えているだけじゃなくて、この向こうには、たくさんの人がいるのだ。

キウイちゃんがふっと息を漏らす声が聞こえた。めいちゃんもくすりと、柔らかく微笑む。

けれど私は——きっと作り笑顔になってしまっていた。

『じゃ、私たちもウカウカしてられないな』

未来を真《ま》っ直《す》ぐ楽しむような無邪気な声。

キウイちゃんも珍しく、心の底からワクワクと、楽しみになっているのだろう。

「ですね！　早速次の曲を作りましょう！」

めいちゃんはもともと花音《かの》ちゃんのためならモチベーションが高いけど、いまはただ、それだけではない気がした。

「ちょっと！　それ私のセリフだって！」

みんなの熱気に喜ぶ花音ちゃんは、調子よく無邪気に、みんなを引っ張るように、言葉を続けた。

「それじゃあJELEE《ジエリー》、これからもがんばっていくぞー！」


「「「「おー！」」」」

みんなで声を合わせて言ったけれど、ちゃんと感情を込められたかどうか、不安だった。
だって——そのイラストについたいいねの数が、海月《うみつき》ヨルがJELEEちゃんを描いたイラストについたものを遥《はる》かに上回り、一万を超えていたから。

＊＊＊

翌日。土曜日。

昼過ぎまで寝ていた私がスマホの通知で目を覚ますと、画面には花音ちゃんからのメッセージが表示されている。

短く『起きてる？』とだけ届いたメッセージに、私は『まだ寝る』と返信した。

「……おやすみ」

スマホを枕元《まくらもと》に置いてまぶたを閉じると——リビングのほうから、家のチャイムが鳴る音が聞こえた。

「はーい」

遠くで佳歩《かほ》が応対する声が聞こえる。やがて足音が近づいてくると、私の部屋のドアがばぁんと開く。

「お姉ちゃーん。お客さん」

「ええ？　っていうかちゃんとノックを……はあ」

私はため息をつきながら、寝ぼけ眼をこすった。

＊＊＊

「……なんで花音《かの》ちゃんが？」

私が玄関の戸を開けると、そこには花音ちゃんがいた。

「やっほー！　ヨル！」

「やっほーじゃなくて。えーと、なんで急に……っていうか、うちの場所知ってたっけ？」

「キウイに聞いた！　上がっていい？」

「え？　ああ、いいけど……、いや、いいのか……？」

流されるがままに招き入れると、リビングの入り口から顔を覗《のぞ》かせてこちらの様子を窺《うかが》っている佳歩《かほ》が、花音ちゃんに見つかった。まずい。

「あ、ヨルの妹さん!?　お邪魔しまーす！」

「え？　あ、はい、ごゆっくり……？」

「これ差し入れです！」

言いながら花音ちゃんは、手に提《さ》げていたパンパンになったビニール袋を佳歩に渡した。

「え、えーと……チョコエッグ？」

袋のなかには大量の水族館チョコエッグが入っている。いや、たしかに私これ好きって言ったけど、ちょっと極端じゃないですかね。

「これからもヨルをよろしくね！」

「あーもう、そういうのいいから！」

私は恥ずかしくなってきたので花音ちゃんの背中をぐいぐい押して、自分の部屋へ連れていく。部屋に入っていく私たちの背中を見送る我が妹は、呆気《あっけ》に取られている様子だ。

「……ヨル……ってたしか……」

部屋のドアを閉めながらも、佳歩がぼそりとつぶやいた言葉が最後に、耳に届いた。

「……オフ会?」

ばたん。まあそう思うよね。

＊＊＊

そしてあっけなく部屋へ突入された私は、なにか珍しいものがないかとキョロキョロ物色している花音ちゃんの餌食《えじき》になっていた。

「すごい！　これが私の推しの部屋！」

「めいちゃんみたいなこと言わないの」

まったく。私はベッドに腰掛けながら、興味津々って感じで部屋を見渡す花音ちゃんを眺めている。なんか変なものとか出しっぱなしにしてないか心配になってくるな。

「にしても、ヨルって……」

「な、なに」

花音《かの》ちゃんは、私が部屋の畳に敷いたラグや、襖《ふすま》にかけた飾り布などを見ながら、

「和室嫌いなんだね？」

「あーもう！　わかってるなら言わないで！」

家族の部屋との兼ね合いで、自室として和室をあてがわれた私。けれど高校二年生女子の感性からしたら和室って決してお洒落《しゃれ》ではなくて、なんならTikTokで和室界隈だとか揶揄《やゆ》されてるのを見た私は顔面蒼白《そうはく》、なるべく床のすべてを覆うラグ、襖を隠すための布などを使い、できる範囲で和室要素を消しているのである。

「あ！」

「こ、今度はなに……」

「ヨル、ちょっとあっち向いてて！」

「ええ？　はい」

好き勝手にはしゃぐ花音ちゃんに従うと、私の視界の端に、花音ちゃんが着ていた服がぽいぽいと脱ぎ捨てられていくのが見えた。

「ええ!?　なにしてるの!?　……あべっ」

私が後ろを向いたまま驚いていると、花音ちゃんが脱いだショートパンツが頭から鼻のあた

りにばさっとかかり、間抜けな声を出してしまう。

「……よし、いいよ。じゃーん！」

私が顔にかかったそれをどかして振り向くと——そこには私の制服を着た花音ちゃんがいた。

「同級生☆」

「勝手に着るな」

ぱしっ、と額にチョップした。なんだこの生き物は、子供か？

私ははあ、と一息ついて、

「で、……どうして急に？」

改めて聞くと、花音ちゃんは真剣な表情で私の顔を覗《のぞ》き込んだ。

「ヨル、なんかあった？」

「……や、それを私が聞いてるんだけど」

私がぶっきらぼうに返すと、花音ちゃんは駄々っ子みたいに言う。

「そーいう意味じゃなくて！　……なんか様子おかしかったじゃん。こないだ」

「……あー」

正直、思い当たる節はあった。

見つけてしまった私を否定するコメント。

私よりも伸びたファンアート。

一緒に喜ぶことのできなかった、宮下《みやした》パークでの気まずい時間。

きっと、そんな不安が態度に出てしまっていたのだろう。……けど。

「……なんのことでしょう？」

ヘラヘラとごまかす。まあ証拠があるわけじゃないし、なんというかそのことについて話すのは、自分の嫌いな自分を晒《さら》してしまうみたいで、ちょっと気が滅入《めい》る。けれど花音《かの》ちゃんは、さらにむっとして、私にぐっと顔を近づけてきた。ち、近い。

「私の目を見て、もう一回言える？」

「いや……それは」

「ホントだったら言えるでしょ。早く」

目の前に、花音ちゃんの顔があった。

見つめあう。呼吸が止まる。徐々に息苦しくて顔が赤くなってきた気がする。

私は恥ずかしさもあり、嘘《うそ》をつく罪悪感もあって、思わず目を逸《そ》らしてしまった。

「……なんのことでしょう」

同じことを言いはしたけれど、明らかになにか隠し事をしてます、と白状しているような態度の私に、花音ちゃんはむくれた。

「……私、リーダーなんでしょ」

「え？」

花音《かの》ちゃんはむくれたまま、涙目で私を見つめている。

「ヨルが言ってくれたんじゃん！　私がJELEE《ジェリー》のリーダーだって。……だったらちょっとくらい、頼ってよ……っ」

いじけたように、子供みたいに言った。

はあ、まったく。

やっぱりこの人は、ずるいな。

感情を素直に表に出せて、寂しいとか悲しいとか、そういう気持ちを真《ま》っ直《す》ぐ表現できて。

だからこそ、花音ちゃんが楽しそうなときはこっちまで楽しい気持ちにさせられて。

花音ちゃんが悲しそうなときは、そんな顔してほしくないな、って気になって。

私は頼られない自分に情けなさを感じていじけてしまったであろう花音ちゃんの姿を、ちょっとかわいく思ってしまって。

この子になら弱い自分を晒《さら》してしまってもいいかな、なんて思っていた。

「──なんかね、私だけ普通すぎるなーって、思っただけ」

それは、素直に話してくれた花音ちゃんへの、私なりの素直だ。

「……普通？」

私は頷《うなず》く。

「嬉《うれ》しかったんだ。狙《ねら》ったわけじゃなかったけど、ああやって動画が広まって。フォロワーも増えて、コメントも通知もぶわーって来てさ」

それで胸がときめいて、私に足りていなかったなにかが、少しずつ満たされはじめた。

「……やっと、私も何者かになれたのかな、輝けたのかな！　……なんて、思ってたんだ。けど……」

才能に満ちあふれた、三人を思い返す。

「花音ちゃんは元アイドルのエースでしょ？　キウイちゃんは人気VTuberで、めいちゃんは音楽一家のエリート。集まってみたらさ、すごい人ばっかりだよ。けど私は……人よりちょっと絵が好きってだけの、ただの女子高生で」


──『イラストだけしょぼくね？』


私に現実を突きつける匿名の暴力が、私の創作意欲に傷をつけている。

「……私って本当に、JELEEの役に立ててるのかな、なんて。ていうか別に、イラストは私じゃなくても──」

「そんなことない」

花音ちゃんは私の言葉を遮って、怒りと悲しみが混じったような表情で私を見た。

「言ったでしょ!?　私が！　私がヨルの絵のこと大好きなんだって！」

「っ！」

またも素直にぶつけられる感情。乾いた心にその言葉は沁《し》みるけれど、私にはその言葉を受け取る権利がないような気がした。

「だって、全部だよ!?　全部ヨルの絵から始まって、JELEE《ジエリー》に繋《つな》がってるんだよ？　ヨルの絵がなかったら私、いまごろ歌ってなかった。めいとも、キウイとも、出会えてなかった」

花音《かの》ちゃんはじっと私を見つめて、言葉を投げかけてくれる。

「私はヨルの絵を信じてる、だからヨルも、自分を信じて」

私は花音ちゃんのこういうところに、いつも救ってもらってるんだよな。

「……わかった」

だからこそ。

「ん。全部吐き出せた？」

「……うん。ありがと」

私は、自分のずるさが余計、許せなかった。

数十分後。私は花音ちゃんを見送って、自分の部屋のドアをぱたん、と背中で閉める。

「全部……か」

私は仄暗《ほのぐら》いトーンで言いながら、昨日のことを思い返す。


宮下《みやした》パークで集まって。

みんながJELEEちゃんのファンアートを見つけて喜んでいたとき、上の空だった私。

――『じゃ、私たちもウカウカしてられないな』

――『ですね！　早速次の曲を作りましょう！』

――『ちょっと！　それ私のセリフだって！』

声が人ごとみたいに遠く響く。

キウイちゃんと、めいちゃんと、花音ちゃんが喜んで、ファンからの愛情に創作のモチベーションを上げていたのに。三人で感動を、共有し合っていたのに。

私は一人だけ、こんなことを思ってしまっていた。


――私より上手《うま》い人が描かないでよ。

邪魔だよ。

我に返って、スマホを握りしめる。

くろっぷさんが描いたファンアートのいいね数は昨日よりも増えて、もう三万を超えている。私はそれを眺めながら、自分のずるさに辟易《へきえき》としていた。

心配してわざわざ家まで来てくれた花音《かの》ちゃんにすら、本音を素直に晒《さら》してくれる花音ちゃんにすら、自分の本音を隠してしまった。全部なんて吐き出せていないのに、私は頷《うなず》いて。

私ははあとため息をついて、一人つぶやく。

「全部は……言えないな」

＊＊＊

数日後。バイト先のカフェバー。

カフェタイムとバータイムのあいだの時間に私たちは四人で集まり、珍しくリアル参加しているキウイちゃんによってセッティングされたノートパソコンの前に集まっていた。そのUSB端子はなにやらつまみがいろいろとついているオーディオインターフェースに繋《つな》がっていて、そこからさらにマイクが接続されている。

「よし、これで完了。じゃ、準備はいいか？」

キウイちゃんがさらっと言うと、花音ちゃんが焦って口を開く。

「ちょ、ちょっとまだ心の準備が！」

「そ、そうだよ！」

私も頷く。だって、そんな急に心の準備ができるはずがない。

私たちはこれから、JELEE《ジエリー》として初めての生配信をしようとしているのだから。

「ははは。じゃ、配信開始、っと」

キウイちゃんが操作すると、ノートパソコンの画面が切り替わる。

画面にはJELEEちゃんのアバターが一枚絵で表示されていて、そこにコメントだけが載るような簡易的な配信だ。キウイちゃんの家に行けばLive2Dで配信することもできるけれど、JELEEちゃんのLive2Dアバターを作るにはもう少し時間がかかるらしい。ていうかキウイちゃん、そんなことまでやってくれるのか。

「こ、これで繋がったの⁉」

花音ちゃんが声をひっくり返させながら言うと、

「おう。ちなみにいまの声もアーカイブに残るぞ。記念すべき第一声だな」

「ちょ、ちょっとぉ！　えーっと、どうも、JELEEです！」

花音ちゃんの挨拶《あいさつ》に、早速いくつかコメントが流れる。『初配信⁉』『こんばんは！』『二人いる？』みたいなコメントが、私たちを歓迎した。いや、実際は私たちが歓迎する側であるべきなのかな？

「えーと、なにから話そうかな。概要欄にも書いてるけど、JELEE《ジェリー》は四人組のグループで……あーもういいや、まずは自己紹介からだな。てことでリーダー、頼んだ」

「え、私⁉　えーと、その……JELEEの歌唱担当の……JELEEです、でいいのかな⁉」


数分後。

「そうなんだよねぇ！　だから呪《のろ》いの曲とか言われたのは私のお姉ちゃんの声で……」

花音《かの》ちゃんがぺらぺらと、流暢《りゅうちょう》にコメントと交流している。身振り手振りまで自然体でやっていて、なんというか水を得た魚だ。

「あっという間に慣れたね……」

マイクから離れた場所で私が言うと、キウイちゃんが「やっぱ元プロはちげーな」と頷《うなず》いて、めいちゃんは「当然です！」とドヤ顔した。

「えーと。『このクラゲのキャラ、とても好きです！』。あれ？」

花音ちゃんがコメントを読みながら、気がついたように続ける。

「このアイコン……やっぱり！　ファンアート描いてくれたくろっぷさんだよね⁉」

その言葉に私は、ビクッと肩を震わせてしまった。

たぶんそれは、必ずしもポジティブな感情じゃない。

浮かんでいたのは、私とくろっぷさんのいいね数の差だった。

「え!?　ほんとですか!?」

めいちゃんも嬉《うれ》しそうな声をあげて、マイクのほうへ寄る。コメントも『くろっぷさん!?』『本物?』『ID本物だ!』みたいに沸きはじめた。うん、そりゃあすごい絵師さんだもんね。

花音ちゃんがいままでよりも一層テンションを上げて、

「あの絵めちゃくちゃ好きでしたー!　四人ともすっごく喜んでます!」

呼応するようにめいちゃんも続いた。

「色合いが素敵で……すっごく愛を感じました!」

「かなり手間かかってたもんな。一発目のファンアートがあれで嬉しいよ!」

キウイちゃんが言うと、当然次は私の番となる。というよりもこの場合、絵師である私のコメントこそが主役、みたいなところがあるだろう。三人の視線がそれとなく私に向いた。

「え、えっと……うん!」

するりとは、言葉が出てこなかった。

「……キャラの特徴摑《つか》んでて、上手に描いてくれてて、すごく嬉しかったです……!」

きっと、誰にも違和感を持たれないように言うことはできた。私はずっとそういうふうに生きてきたから、言葉の温度を取り繕うのは得意だった。

けれど少しだけ、後ろめたさはあって。

花音《かの》ちゃんが「えーと」と言いながら、コメントを読み上げている。

「なになに？　……『いつかくろっぷさんにMVのイラスト描いてもらおう』」

「っ！」

花音ちゃんの意見として言ったわけではない言葉だけど、それが花音ちゃんの声に変わるだけで、私の胸は痛んだ。

「って、あのね。JELEE《ジェリー》の絵はヨルって決まってるからダメでーす！」

もちろんと言うべきか、花音ちゃんは即座に否定してくれるけれど。

「あ、もちろんファンアートは嬉《うれ》しいけどね!?」

それ以降の言葉がどこか遠く聞こえてしまったのは、きっと私が弱いからだ。

＊＊＊

私は花音ちゃんと二人で、帰りの電車に乗っている。

花音ちゃんはどこか、配信の余韻を残して、少し興奮気味だった。

「配信ってすごいね！　顔合わせなくても、お渡し会みたいにファンと触れ合えて！」

「うん。そうだね」

返事が上の空な、形式的なものになってしまうのを感じる。

私はたぶん、焦っていた。

「これからもやっていきたいなあ……それにちゃんとリアルイベントも！」

「うん。そうだね」

いつもは癖のようにバリエーションをつけて返している相槌《あいづち》だけど、いまの私にはそんな余裕すらなくて。

私のなかに巣を張っているのは、不安と、ほんの少しの罪悪感と、居心地の悪さだ。

「あ、けど顔出しできないから……」

「──ね、あのさ」

「うん？」

私は花音ちゃんの言葉を遮ってしまう。

「花音ちゃん、JELEEの絵は私じゃないといけないって言ってくれたでしょ？」

きっと私は、安心が欲しかった。

だから投げ出された海で藁《わら》にすがるように、理由を探す言葉を吐き出してしまう。

「あれ……なんでなの？」

ただの身内びいきじゃないよって。

そこにはもっと確かな、私以外には代えられない理由があるんだよって。

そう言ってほしかった。

確かな理由がないと私はきっと、この自己否定の海で、溺《おぼ》れてしまうから。

「なんでって……」

花音《かの》ちゃんは困ったように、言葉を探す。

「言ったじゃん、私はヨルの絵が好きなんだって」

「好き、ってだけ？」

納得できなかった。

だってそれは、ただ花音ちゃんの気分で決められた、個人的な理由でしかなくて。

それだけで自分を肯定できてしまうほど、私は世間知らずではなかったから。


「じゃあさ——」


だから私は、それを口に出してしまう。

わかってる。聞かないほうがいいことだ。

だってそれは、聞くことで誰かに苦しい選択を強いるような、身勝手な言葉だから。


「——あの人と私の絵。どっちのほうが、上手《うま》いと思ってるの？」

　向かいから走ってきた貨物列車が隣の線路を猛スピードで通過して、私と花音ちゃんの間の沈黙を、ノイズでぐちゃぐちゃにかき乱す。乾いた唇から漏れた言葉は、花音ちゃんの表情をゆがませた。


「え……」

　数秒後。電車が新宿《しんじゅく》に到着して、ドアが開く。

　私はハッと、我に返った。

「ごめん、なんでもない！　ほら、新宿！」

「えっ？　ああ、うん――」

　背中を押して花音ちゃんを新宿で降ろすと、私は空いた席に一人で座り、深いため息をつく。

「……あ〜〜〜」

　とんでもないことをしでかした。

　自分に自信が持てなくて、それが怖くてメンタルが不安定になって。勝手に花音ちゃんを責めるような言葉を漏らして、なにをやってるんだ。私って本当に……。

「……はあ」

　ダメ押しのため息をもう一発かまして、後悔しながら顔を上げる。すると。

「……うわぁ!?」

目の前には、企《たくら》んだような笑みで立つ花音《かの》ちゃんがいた。

＊＊＊

「ほら、こっち～！」

「もう、勝手なんだから……」

私が花音ちゃんに連れられてやってきたのは、池袋《いけぶくろ》のサンシャイン水族館だった。

どの方向を見ても海の生き物たちであふれたこの空間は、もちろん文句なしに私の好きなところで。平日だと思ったよりも空いていて、私たちは人の流れを気にすることなく、自由にそこを楽しめている。

「あ。……チンアナゴ」

目についたのは、地面からひょこっと顔を出して、こちらを見つめているように見える海水魚だった。

私はじっと、その細長く新幹線のようなフォルムを見つめている。

「あはは。かわいいね」

花音ちゃんが子供をあやすように言うけれど、私は違うと思った。

「……かっこいい」

「そうなの!?」

まったく、花音ちゃんにはわからないんだろうか。どう考えてもチンアナゴはキュート担当じゃなくスタイリッシュ担当だ。チョコエッグのときもタコが当たりでタツノオトシゴが外れってことにピンときてなかったみたいだし、花音ちゃんは海洋生物についてはズレた感性を持っているのかもしれない。

「そうなのっ！」

私がにこっと笑いながら言うと、花音ちゃんはくすっと呆《あき》れたみたいに、頬《ほお》を緩めた。


数十分後。私たちは大きなエイの水槽の前で、下に顔がついてるみたいでかわいいね、みたいなことを言いながら、青いライトに照らされていた。ふわふわした気持ちで、花音ちゃんの隣を漂っている。

「ヨルってさ。……結構めんどくさいよね」

花音ちゃんが、なんか急に失礼なことを言ってきた。

「な、なにいきなり」

「えー、だってさ」

からかうように笑いながら、けどリラックスしたトーンで。

「達観してますってフリして意外と繊細だったり、……私は大人、みたいな顔して、実は負けず嫌いなとこあったり」

「う……」

なんというか、的を射てるような気がした。まあ自分のことって自分じゃ冷静に判断できないけど、最近の自分のムーブって若干花音《かの》ちゃんを振り回し気味なところあるよな、とは自分でも思っていたし、きっと花音ちゃんの言うとおりなのだろう。

花音ちゃんは一歩距離を詰めるように、じゃれるように言う。

「めんどくさい女っ」

「う、うるさい」

拗《す》ねたように返してみせたけど、きっと私は、こういうのが案外嫌いじゃない。

取り繕っている自分ばかりを見せているから、自分でも知らなかった自分を言い当てられると、本当の自分を教えてもらったような気分になって。

ここでなら本当の自分を見せてもいいんだって気持ちになれて、なんだか心地よかった。

「……ふふ」

「あははっ」

顔を見合わせて笑い合うと、私たちはまた隣に並んで、青い世界を歩きはじめた。

やがて私たちは、クラゲのコーナーの前にいる。

「わあ！　クラゲだ！」

私は無邪気な声を漏らしてしまう。

「うん。……キラキラ光ってる」

花音ちゃんもそれに見とれている。

青い光を受けて、蛍光するクラゲ。

もしくはその反射する機構で、光を反射するクラゲ。

泳げないし輝けないのに、こうして見ると、輝いていて。

それはやっぱり、私の原点だ。

もしもあのとき、水族館の飼育員さんの説明を聞いていなかったら、私はクラゲを好きになれていなかった。だとしたらきっと、私はあの壁画を描けていなかったし、花音ちゃんと出会えていなかっただろう。

蝶々《ちょうちょう》の羽が起こした風が巡り巡って大きな影響を及ぼすバタフライエフェクトって言葉があるけれど、ひょっとすると、クラゲの傘が起こした水流が遠くに影響を及ぼすこともあるのかもしれない。ならばそれはジェリーフィッシュエフェクトとでも呼ぶべきだろうか、なんてくだらないことを考えていると、私はもっと、クラゲを好きになっていく。

じっと黙ったまま私たちは、その光景を見つめていた。

「……いいね、水族館って」

私が不意に口を開くと、花音《かの》ちゃんは頷《うなず》く。

「だね。けどさ、私たちが出会った渋谷《しぶや》って、水族館がないんだよね」

「そういえば……ないね」

そこで私は、おかしなことを思いついていた。

「ねえ、花音ちゃん」

ハロウィンの夜。二人で走った渋谷のネオンを思い出す。

きらめくネオンは、やっぱりこの目の前の光景に似ていて。

ひょっとしたら私はこういう、キラキラとカラフルに光った場所では少し、子供っぽくなってしまうのかもしれなかった。

「――作ってよ！」

私は、花音ちゃんを見つめていた。

「――渋谷に、大きい水族館を！」

熱に浮かされてこんなことを言ってしまったことを、私はいつかまた、恥ずかしがるんだろうな。そんなことを思いながらも私は、少なくともいまは後悔していなかった。むしろ、花音ちゃんがいつもそうしているみたいに、大きな野望を自分から口にできたことが、なんだか心地よかった。

花音ちゃんは私の子供っぽい無茶ぶりに、一瞬きょとんとするけれど、

「いいよ！」

好戦的に笑うと、ただ短く肯定した。

「待って嘘《うそ》。花音ちゃんそう言ったら本気で目指しそうで怖い」

やっぱり花音ちゃんは私の予想をいつも少しだけ超えてきて、けど多分、だからこそあんな変わり者ばっかりのJELEE《ジエリー》を引っ張っていけるんだろうな。

「聞いちゃったからもう取り消しはできません。フォロワー一〇万人いったら絶対作る！」

「いや、一〇万人じゃ無理だけどね？」

いつの間にか花音ちゃんが前のめりで、むしろこの野望を考えた人みたいになっている。私たちはくすくすと笑い合った。

「じゃあ、約束ね」

花音ちゃんは、クラゲの水槽の前で私に小指を差し出した。

まったく。本当は果たせない約束なんて、するものじゃないんだけど。

きっと花音ちゃんは私と違って、果たせない約束だなんて、思ってないんだろうな。

「はいはい、期待しないで待っとくね」

だから私も渋々小指を差し出すと——青く光る水槽の前で、二つの指が絡み合った。

＊＊＊

帰宅して、自室のデスクの前。

私は絵に向き合いながら、花音《かの》ちゃんがリアルタイムで、JELEE《ジェリー》チャンネルでやっている配信を聞いている。

『私さ、JELEEの目標が決まったんだ』

コメント欄に『なに？』『ほう』みたいなコメントに交じって『目標……そんなものが私にもありました』ってコメントが流れていて、私は思わずくすっと笑う。

『フォロワーを一〇万人、いや、それよりもーっと増やして、渋谷《しぶや》にね？　クラゲの水族館を作りたいの！』

コメントでは『なにそれ？』『無理だろｗｗ』みたいに言われているけれど、もちろん花音ちゃんはそんなものに動じていない。

『本気だよ！　……大事な人と、約束したんだ！』

花音ちゃんの無邪気だけど真《ま》っ直《す》ぐな声を聞いていると、私の筆ものる。配信をバックにタブレットに向き合ってイラストを描いていると、いつもより上手《うま》く泳げるような気がした。クラゲの図鑑や、水族館で撮った動画を見て、新しいことに挑戦していく。

あんなふうに迷っていた私に、寄り添ってくれたのだ。

私もなんとか、絵でお返ししないといけない。

花音ちゃんの配信を聞き終えると、私は練習で描いてみたスケッチ段階の習作を、海月《うみつき》ヨルのアカウントにアップする。アップして数分して通知欄を更新するけれど、めぼしいリアクションはない。

いや、もちろんまったくないわけではないのだけれど、JELEEの曲が思いも寄らぬ形でバズって注目を浴びた、あのときよりは少なくて。なんだかそのときのドキドキと比べると、物足りなく感じてしまう自分がいた。二十一時と時間帯も悪くないから、これはきっと絵がよくないということなのだろう。

……また、自分の絵が否定されたような感覚が、私の心を通り過ぎる。

私はよくないと思いながらも、リアクション欲しさに『海月ヨル』でエゴサをしはじめた。

すると、検索して最初に開かれる『話題のポスト』のタブに、JELEEちゃんの新しいファンアートがあるのが目に入った。

それは前にファンアートを描いてくれたイラストレーター、くろっぷさんの新作だ。

見ると、いいねが五万を超えていた。

「っ！」

心臓から黒い血液が全身に運ばれる。

投稿を詳しく見ると、たくさんの時間をかけたことがわかる美麗で繊細なJELEE《ジエリー》ちゃんのイラストに、丁寧に『#JELEE #海月《うみつき》ヨル さん』などとタグまでつけてくれていて。ツリーにはJELEEの二曲目『月の温度』のアドレスまで貼ってくれていて、『元ネタはこちら！ とても素敵な楽曲です』と宣伝をしてくれていた。

まいったな。

こんなに丁寧に私たちのことを尊重してくれたら、文句をつけられるところが一つも残らないじゃないか。

絵が上手《うま》いのはくろっぷさんで、心が綺麗《きれい》なのはくろっぷさんで。

絵が下手なのが私で、ただ醜いのは――私の嫉妬《しつと》心だけだ。

くろっぷさんが貼ってくれたリンクをタップして、動画を開く。すると。

「……あ」

私たちの楽曲『月の温度』は、一〇万再生を突破していた。

私はその大きな記録に喜びを抱きながらも――どこか敗北にも似た、複雑な感情を抱く。

そっか。

そのきっかけすら、この人からもらってしまうんだな。

親指が、コメント欄に伸びる。けれど、過去の叩《たた》きコメントがよぎって、手が止まった。

「……っ！」

私はそれを振り払ってコメント欄を開き、『新しい順』に並べる。すると。


『くろっぷさんの方が上手い』

『絵は初心者なのかな?』


もちろんほとんどは一〇万再生を祝うコメントで、きっとポストから流入したたくさんのくろっぷさんファンのなかのごく一部が、行儀の悪いコメントをしているだけだろう。どんなファン層であろうと一部こういう人も交ざってしまうのは仕方のないことだし、ある意味避けようのない状況だと思った。

けれど。私はこの活動を通じて、心の底から実感していた。

私はたぶん、自分に向けられた批判の言葉に——慣れることができない。

いつまでもずっと、この言葉たちを気にしてしまう。

それはきっと。

私の本質が、人に流されるクラゲだからだ。

部屋の電気を消して、ベッドに横たわり、暗闇《くらやみ》のなかスマホを握りしめる。

いくつものアンチコメントが私に突き刺さってくる。唇を噛《か》み、目を背けそうになるが、私はそれを留めた。

私の大切なものを、私の絵を、否定してくる残酷な言葉たち。

苦しい。吐き気がする。ただ見ているだけでも、目の前の視界が滲《にじ》んだ。

だけど私は——目を背けたくないと思った。

——『私はヨルの絵を信じてる、だからヨルも、自分を信じて』

思い出すのはこの場所で貰《もら》った、花音《かの》ちゃんの大切な言葉。

期待を裏切りたくない。

せっかく見つけた大切な場所を。

居場所を、失いたくなかった。

JELEE《ジェリー》に私が必要な理由が、ほしいと思った。

「——いやだ!!」

これはきっと、私を壊してしまうものかもしれないけれど。
それでも私が特別になるための、前に進むための。
大きな流れになるような気がした。

私はベッドから飛び起きて、デスクの前に向かう。
ぎしぃと軋《きし》んだ音が、真っ暗な部屋に響いた。

「私だけ置いてけぼりに、なりたくない……っ！」

新しく買ったペンタブを握って、色を走らせる。
教本を、図鑑を、私を傷つけるコメントを、隅から隅まで読みあさる。
絵のおかしいところを指摘するコメントを、正面から見つめた。

私はただ絵が少し好きってだけの、普通の女子高生だ。

たぶん大して才能なんてないし、努力だって私なんかよりもたくさんしている人は、そこらに山ほどいる。だって私は心に傷を負って絵をやめて、みんなが努力している間、周りにヘラヘラ合わせるだけの生活を、何年も続けてきたのだから。


「JELEE《ジェリー》のための絵を、邪魔だなんて、思いたくない――っ！」


それでも、取り戻したいと思った。

勇気が出なくて踏み出せなくて、これまで出遅れてしまった時間を。

普通のなかに埋没して、自分らしさを希釈してしまっていた日々を。

まだ本当の特別にはなれなくてもいい。でも。


特別になりたいっていう本物の気持ちだけは、もう絶対に、手離したくない。


『腕の角度がおかしい』。いいねが二個ついている。

だったら直せばいいだけだ。鏡を見て、人体の構造を調べて、納得いくまで何度も何度も。

私は悪意に身をまかせるように、突き刺さる尖《とが》った言葉を、描線に変えていく。

コメントを馬鹿正直《ばかしょうじき》に真に受けて、私は自分の型を壊していった。

『髪の塗りが雑』。五人にいいねをされている。

ならいくらでも時間をかけてやる。新しく作ったブラシを使った誰にも似せないタッチで、髪の毛の一本一本までこだわって、情報量で圧倒すればいい。

流れた涙のぶんだけペンを強く握りしめて、私は前に進んでいく。

少しずつ減っていくペン先はきっと、私の努力の足跡だ。

『目の形が変』。一〇秒前に書かれたコメントだ。

このコメントをした人はきっと、この世界のどこかでまだ、この動画が表示されたスマホの前にいるのだろう。

それなら次は魅了してやる。誰もが目にとめてしまうような、美しさとかわいさを持った輝きで、この人の心を奪ってやる。ソフトについている全部のエフェクトを試して、私は想像できる全部の輝きを、瞳《ひとみ》に焼き付けていった。

きっとこの悪意の言葉たちは、私のかたちを歪《ゆが》めて、もしかしたら壊してしまうくらいに歪《いびつ》で、ざらついたものばかりだ。こんなものと向き合いつづけたら、ひょっとするとまた、絵を描けなくなってしまうかもしれない。
それでもいま自分が成長できているのだとしたら、私はそれと向き合いたいと思えた。
線を一本描くごとに、自分が上手《うま》くなれている。
そんな手応えが、明確にあったから。

たしかに私は、自分では泳げないクラゲかもしれない。
人の流れに身をまかせることしかできない、弱い生き物なのかもしれない。
だけど。いや、だからこそ。

――この濁流のなかでは、誰よりも速く前に進める！

「自分の絵を、自分のことを……っ！　好きだって思いたい――」

私は泳ぐように、流されるように――溺《おぼ》れるように。
悪意が導く絵の世界のなかへと、沈み込んでいった。

＊＊＊

数日後。

完成させた絵のデータを花音《かの》ちゃんに送った私は、家のベランダから月を眺めていた。

自分ではいいものが描けたと思っている。だけど絵に没頭して向き合いつづけた数日間だったから、きっと冷静には見れていない。

いまの私は、JELEE《ジェリー》に相応《ふさわ》しい絵描きになれているだろうか。

――そのとき。

「っ!」

私のスマホが震える。見ると、花音ちゃんからの通話だ。

いままで絵を送っただけで電話がかかってくることなんてなかったから、私は緊張しながらもそれを受ける。

「も、もしもし?」

『これ、すっごいよ!!　ヨル!!』

「え……」

第一声からすごい熱量の声に、私は驚くと同時に――胸が高鳴った。

きっといつものキラキラ輝いた目で言ってくれてるんだろうと思うと、全身が熱くなった。

『この絵、いままでのヨルの絵のなかでいっちばん大好き！』


悪意をバネにして、一人で戦っていた時間が頭に蘇《よみがえ》る。

涙を流しながら必死に練習して、真に受けなくてもいい言葉を全部真に受けて。

その全部が、報われたような気がした。


『私、すっごく良い歌詞が書けそうっ！』


私はいままで何度も、花音《かの》ちゃんのこういう真っ直《ます》ぐな言葉に助けられてきたけど。

たぶん、いまが一番、胸に響いていた。


「……とう」

『え？』

「ありがとう、花音ちゃん！」

ふと零《こぼ》れてしまった涙はきっと、声だって濡らしてしまっている。

だけど私はそれを伝えてしまってもいいと思うくらい、感謝の気持ちであふれていた。

＊＊＊

年の暮れ。新しいMVを完成させた私たちは、アップの瞬間を共有すべく、大晦日《おおみそか》の夕方頃に花音ちゃんの家に集まっていた。

「もう変な声、入ってないよね？」

「うん、大丈夫なはず……」

花音ちゃんの心配に、私は頷《うなず》く。

「まひるさん、ホントですか？」

「大丈夫だ。私がチェックした」

キウイちゃんが横から返事をすると、めいちゃんは態度を一変させて、

「なら大丈夫ですね！」

「私信用されてない!?」

めいちゃんの信頼の格差がすごい。なんだかもうJELEE《ジェリー》では私がツッコミ役で安定してきてしまったけど、私の普通が活かされている感じがして、というかむしろこのグループでは『普通』こそが、少数派なのだろう。

きっと私はそれが、心地いい。

「それじゃ、いくよ？」

花音ちゃんがマウスを操作して、アップロードのところにポインタを合わせる。

私たち三人は、ワクワクした表情で頷《うなず》いた。

「――いけ！　私たちの、最高傑作っ！」

花音《かの》ちゃんの声とともに画面が切り替わって。

私たちの集大成的な三つ目のＭＶ――『渋谷《しぶや》アクアリウム』が、世界に向けて発信された。

数十分後。

じっと、四人で動画の動向をうかがっている。

「す、すごい！　もう一万再生いってる！」

花音ちゃんが数字の伸びに、目をむいている。

「コメントもめちゃくちゃ多いぞ！」

キウイちゃんもこれまでで最高の伸びに、さすがに驚いているようだ。

「ぐーもすごいです！」

めいちゃんはグッドとかいいねのことをぐーと呼びながら、親指を立てた手をぶんぶん振っていた。

そして、私は。

「……よかった」

自分のスマートフォンで、コメント欄をこっそり見ていた。

『イラスト綺麗《きれい》すぎる』

『このJELEE《ジエリー》ちゃんエモすぎ』

『サムネから来ました』

胸の奥で滞っていた空気が、はあっと吐き出される。

いままでで、一番力を入れたイラスト。それがきちんと評価されていることに、私は心からほっとしていた。

「……初めてだね」

不意に、花音ちゃんが言う。

私たちの視線が、花音ちゃんに向いた。

「初めてだね！　私たちが、私たちの力で、動画をヒットさせたの！」

私たち三人は、はっとしてから、くすっと笑った。

「前のは、呪《のろ》いの曲だったもんな」

「あれも素敵な曲だったんですけどね？」

キウイちゃんが笑うと、めいちゃんも頷《うなず》く。

「そうだね……でも」

私は窓の外に目を向ける。いつから降ってきたのだろう。窓の外に舞っている雪を見ながら。

誰に向けるでもなく、つぶやいていた。

「これで私も——ちょっとは輝けたのかな」

＊＊＊

その日の帰り道。

私は一人で、渋谷《しぶや》のあの場所に立ち寄っていた。

クラゲの壁画。私の全部が始まって、全部が終わってしまった場所。

私はゆっくりと、カラフルなクラゲを見上げる。

ただ楽しんで絵を描いていたころの絵。このときの絵も魅力的だと思うけれど、私は思う。

いまの私はきっと、もっと上手《うま》くなれている。

落書き防止アートのはずなのに、その意図も虚《むな》しくペンキにまみれてしまった私の絵。

花音《かの》ちゃんが大好きだって言ってくれて、私がリップを描き足して完成させた、海月《うみつき》ヨルのクラゲ。

止まっていた時間が、動き出した気がした。


壁画の左下。自分自身でぐちゃぐちゃにしてしまった、私の名前を見ながら思う。

私はもう、こんな後悔はしたくない。

私はもう、自分の絵のことを変だなんて言いたくない。


私はもう絶対に、自分のことを嫌いだなんて、思いたくない。


考えて、一つ思い至った。

あのとき自分の手で終わらせてしまった物語を。

私が好きだった物語の続きを、もう一度、描きはじめるときが来たのかもしれない。

「……」

私は手頃な石を手にとって、少しだけ迷う。

たぶん私は、あのときとは違う。花音ちゃんに出会って、四人がだんだんとJELEE《ジェリー》になって。

私の毎日を彩りはじめた新しい物語の主人公はきっと――光月《こうづき》まひるではなかった。

だったら、そうだ。

ここに刻まれている文字は、これであるべきだろう。

私が自分で創って、花音《かの》ちゃんに見つけてもらったことで、歯車が回りはじめて。

そしていまも続いている、大切なストーリー。


私が好きな自分であるための、私だけの物語。

その、新しい主人公だ。


壁画の側《そば》にしゃがみ込むと、力強く石を握りしめる。

がりがりと石と壁が互いに削れて、渋谷《しぶや》の街に落ちた。粉っぽい残骸《ざんがい》が混じり合って、煙のように空中に舞う。

ぐちゃぐちゃに消してしまった名前の下に、私は新しい文字を彫りつけていった。


込めたのは魂だろうか、後悔だろうか。

刻んだのは決意だろうか、覚悟だろうか。

わからない。きっと細かい意味なんて、どうでもよかった。

私はその四文字を私のスタート地点に改めて刻みつけると——

創られたばかりの痕《あと》をそっと、利き手の指先でなぞった。


海月《うみつき》ヨル。

——私が自分で決めた、本当の私とは真逆の名前だ。

＊＊＊

数日後。

私たちは、花音ちゃんの家の近くの神社に初詣《はつもうで》に来ていた。昨日の深夜から降り積もった雪がまだそこらに残っていて、私たちは凍えながらもお互いのおみくじを見せ合っている。

「……おお！　大吉だ！」

花音ちゃんは子供っぽく笑いながら言う。

「ほんと!?　私は……中吉！」

私が言うと、キウイちゃんは眉《まゆ》をひそめながら笑う。

「私も大吉。……ここ、おみくじ甘めなのかもな」

「なにそれ、ありがたみないね？」

花音《かの》ちゃんががっくりと、肩を落とした。

三人で顔を見合わせていると、

「皆さん〜〜〜！　私は凶です〜！　全然甘くないです〜！」

この世の終わりみたいな表情をしためいちゃんが、私たちに不吉なおみくじを見せつけてきた。私たち三人は絶望に暮れるめいちゃんを見ながら、くすくす笑いあう。あーもう、本当にこの四人は楽しいな。私は笑いすぎて痛くなってきたお腹をさすりながら、楽しくて流れた涙をそっと、指先でぬぐった。


賽銭箱《さいせんばこ》の前。私たちは四人並んで参拝している。

澄んだ空気のなか目を閉じて、なにをお願いしようかな、なんてことを考えていると――

「――神様！　聞いてくださいっ！」

花音ちゃんが手を合わせて、目をつぶったまま大声で、なにか叫んでいる。

私たち三人はもちろん、周りの参拝客の視線も集まった。

「私は今まで、ずっと一人で、がむしゃらに走ってきました！」

花音ちゃんは想いをぶちまけるみたいに言う。こういうお願いって、頭のなかでするものなんだけど、知らないのかな。いや、知らないわけないから、きっとこれは花音ちゃんなりの宣言なのだろう。

その表情も声の調子も、憑《つ》きものが落ちたように前向きだった。

「私はこれでいいのかな、これを続けてていいのかな、そんなことを毎日、考えていました！」

私は想像する。

きっと私たちと出会う前の花音ちゃんは、私みたいに渋谷《しぶや》の街をふらふらと歩きながら、不安を紛らわせて。歌を録《と》って、慣れない編集をしながら、毎日一人ぼっちで。

それでも再び折れることなく今日まで、孤独に戦ってきたのだ。

「けどいまは、大好きなイラストと、大好きな曲と、大好きなＭＶにのせて、歌を届けることができています！」

その言葉に、私たち三人は思わず顔をほころばせた。

「――だから私にはもう、願い事はありませんっ！」

言い切ってしまった花音ちゃんに、私はくすっと笑う。

「ねえ花音ちゃん」

「うん？」

「それ、お願いじゃなくて、宣言だね？」

すると花音《かの》ちゃんは、あっと気付いたように目を丸くすると、

「あははっ！　ほんとだ！」

子どもっぽく、太陽みたいに笑った。

＊＊＊

参拝を済ませた私たち四人は、本堂から外れたちょっと静かな場所を歩いている。

「私さ。……デッサンの教室に通うことにしたんだ」

ぼそり、と私が言うと、花音ちゃんがぱあっと顔を輝かせる。

「へえ！　いいじゃん！」

キウイちゃんは空を見上げると、横目に私をちらりと見た。

「……描く理由、取り戻したんだな」

「そうなのかな？　……たぶん、そうなのかも」

私は曖昧《あいまい》ながら、けれど少しの自信を滲《にじ》ませて答える。キウイちゃんも嬉《うれ》しそうに笑った。

「よっし！　私、豚汁買いにいってくる！　今日は食うぞ～！」

ご機嫌に、大きな足取りで。キウイちゃんは屋台が並ぶ参道のほうへと歩いていった。

「……やっぱり納得できません！　もう一回引いてきます！」

かと思えばめいちゃんはさっき引いた凶のおみくじを見ながら、ぐぬぬ顔でおみくじ売り場へと向かった。

「あはは。自由だなあ」

花音ちゃんが二人の後ろ姿を見送りながら言うと、私もつい愉快な気分になった。

「変わり者ばっかり、集まったもんね」

「それはたしかに。このなかだと、私が一番まともかも」

とんでもないことを言う花音ちゃんに、

「いや、どう考えても私だから」

「そうかなあ？」

悪戯《いたずら》っぽく笑う花音ちゃんは、はっと視線を屋台のほうに向ける。

「あ、甘酒！　ね、貰《もら》いにいこ！」

そして私の手を引っ張って、ぐいぐい歩き出してしまう。

「ほらぁ。花音ちゃんも自由じゃん」

けれどその強引さも、無邪気な笑顔も。

手のひらから伝わる、何度も感じた、私より少しだけ高い体温も。

私は、嫌いじゃなかった。

＊＊＊

私たちは二人で甘酒を貰《もら》うと、人混みから外れるように、薄暗い道を並んで歩く。

「そういえばさ、ヨルは何をお願いしたの？」

「あー……えっと」

私は、少しだけ考える。

なんだか私の願いは、あまりに自分の欲望って感じで恥ずかしい。

「……絵が、上手《うま》くなりたいって。自分の絵に、自信を持てるようになりたい、って」

すると、花音《かの》ちゃんはふっと目を丸くしたあとで、

「……そっか！」

にかっと、安心したみたいに笑った。

「だから……これからも、よろしく」

「もちろん！」

お正月の澄んだ空気。それは非日常と言えば非日常だけれど、木造の寺院と青々とした木々が並ぶ景色や、一歩ごとに鳴る涼しい砂利の音は、渋谷《しぶや》の街の賑《にぎ》やかな非日常とはまた違う趣

があって。

「あ！　ヨル！　あそこ！」

神社の裏。堂から堂に続く裏路地のような人気《ひとけ》のない道に、まだ誰にも踏まれていない、真っ白な雪があった。

「すごい、真っ白！」

「とうっ！」

せっかくの新品の雪に、花音ちゃんが迷いなく全身で飛び込む。

「あはは！　なにやってるの」

単純で子供っぽいそのおふざけに、私はけらけら笑ってしまう。

「……あ。よーっし！」

私は思いついて木の棒を拾い、それで絵を描きはじめる。花音ちゃんが飛び込んだ隣、雪のまだ真っ白なところにクラゲを描いていった。

「……おお～！」

雪のなかを泳ぐクラゲの絵が完成する。ふふん、どんなもんだ。

「私、このクラゲ好き！　消えちゃうのがもったいないくらい！」

そんなことを言われると、私もつい悪戯《いたずら》したくなってしまう。

だから私は、持っていた甘酒を一気に飲み干して、

「とうっ！」

花音《かの》ちゃんの真似《まね》をするみたいに、描いたばかりのクラゲの絵にダイブした。

「こら、あははっ！　私も！」

花音ちゃんも私のすぐ側《そば》に飛び込んできて、隣り合って雪に寝転ぶ。新雪の上ではしゃぐ私たちは、まるで小学生みたいだ。

ごろんと寝転ぶと見える星は、新宿《しんじゆく》のド真ん中の神社から見ているとは思えないくらいに綺麗《きれい》で。きっとこれは、いまの私がどうしようもないほどに気分がいいから、そう見えているんだと思った。

「私さ！　……花音ちゃんの歌も、花音ちゃんのことも好きだよ」

なにか柄にもないことを言ってしまったけど、不思議と照れも後悔もなかった。……あとで冷静になっても恥ずかしがらずにいられるっていう自信はないけど。

珍しく私が素直なことを言っているからか、花音ちゃんは驚いた表情でこっちを見ている。やがてちょっと動揺したように瞬《まばた》きすると、ちょっと目を逸《そ》らしながら口を開いた。

「……ヨル、甘酒飲みすぎじゃない？」

「いいの！　お正月だよ？」

珍しく私が主導権を握っていて、というよりも私はたぶん花音ちゃんが言うとおり、この状況に酔っているのだろう。頰《ほお》のあたりがぽわーっと熱いし、なんだか景色もいつもより、キラキラして見える。

私はすっと、届かない空に手を伸ばした。

「私ね。最近たまに考えて、……怖くなるんだ」

「怖くなる？」

花音ちゃんは軽いトーンで言うと、首を傾《かし》げた。

「もしもあの日花音ちゃんに出会ってなくて、変わらないままの私だったら、どんな毎日を送ってたんだろうな、って」

珍しく饒舌《じょうぜつ》にあふれてくる気持ち。

私は自分でも自分がなにを言うのか完全にはわかっていなかったけど——この勢いにまかせて、ぜんぶを言ってしまいたいと思った。

私は私がまだ言葉にできていない、私のほんとうが知りたかった。

「クラスのみんなに合わせる私のままで、イラストなんてもちろん描いてなくてね。たぶん、花音ちゃんと出会ったときの私よりも、もっと自分のことを嫌いな私になってたと思うんだ」

考えるだけで、息が苦しくなる。

「前みたいに、嫌なことがあってもみんなに合わせて笑って。ほんとそれーって、言いたくもない言葉ばっかり何回も言って。……その度にどんどん、自分がすり減っていって」

雪に混じった土の匂《にお》いが、つんと鼻をつく。

いま送っている色とりどりの毎日がなくなって、あの灰色の日常で私が塗りつぶされることを想像すると、胸の奥が苦しくなった。

「花音《かの》ちゃんに会えてなかったら、私はいまの私になれてなかった」

あの日にぜんぶが始まった。

私の壁画を。海月《うみつき》ヨルのクラゲのことを好きだと言ってくれたあの瞬間から。

私の日常は、キラキラと輝きだしたのだ。

「だからね、花音ちゃん。ひとつだけ言わせて？」

私は花音ちゃんを正面からじっと見る。

目を合わせると、花音ちゃんは少し動揺したように、視線を返してくる。

ただ、伝えたい。だからだろうか。

口を開くと自然と、作ったわけではない笑顔が、心の底からあふれてきた。

「――私にもう一回、絵を描かせてくれてありがとう！」

やっと、言えた。

私はたぶん、心のどこかでこのことを、ずっと伝えたいと思っていた。

伝えたいことを伝えたい人に伝えられるということは、こんなに気分がいいものなんだ。

私は満足して視線を空に向ける。視界の端で花音ちゃんが、私のことをじっと見ているのがわかった。

——不意に。


私の頬《ほお》に、柔らかいものが触れた。


「っ!?」

それは花音ちゃんの顔とともに接近してきて、花音ちゃんの鼻とともに私の頬に触れた。なんというか、考えるまでもなく。

私の頬に触れたのは、花音ちゃんの唇だ。

「こ、こらー！　勢いでそういうことしない！」

まったく、甘酒飲みすぎなのはどっちだ。私は冗談めかしてツッコミを入れると……どうしてだろうか。

花音ちゃんはハッと我に返ったように、自分でも状況が理解できていない、といったふうに私をぽかんと見つめている。いや、やってきたの花音ちゃんですよね？

「……」

「……へ？」

妙に気まずい間が流れる。こらこら、これは一体どういう状況ですか？

やがて気まずさに耐えられなくなったように、花音《かの》ちゃんが口を開いた。

「なんちゃって」

「はい？」

「よ、よーし！　私も豚汁買いにいくぞ～！」

誤魔化すように、白々しい口調とともに花音ちゃんが去っていく。私は状況を整理できないまま、花音ちゃんの後ろ姿をぽかんと見ていた。

「……？」

はあ、まったく。

本当に、あの人はいつも勝手だ。

6

31《サーティワン》

年が明けて冬休みの終盤。私たちJELEE《ジェリー》の四人は、いつものカフェバーに集まっていた。

「……書けな――い！」

花音《かの》ちゃんがスマホの歌詞メモを見ながら、頭からぷすぷすと煙を出している。

「珍しいね？　歌詞に詰まるなんて」

私が言うと、キウイちゃんも頷《うなず》く。

「花音は社会に対して無限に言いたいことがあるって感じだったのにな」

「そのはずなんだけど……ごめん、もうちょっと待ってもらっていい？　私のことだし、すぐにまた書きたいこと見つかると思う！」

花音ちゃんが両手を合わせて言うと、めいちゃんは親指を勢いよく立てて勢いよく笑った。

「ののたんがそう言うなら、了解です！」

そんな感じで始まっている、いつもどおりのJELEEの会議。ちなみに初詣《はつもうで》の謎《なぞ》のキスのあと、花音ちゃんは本当に豚汁を買って帰ってきて、ヨルのぶんもあるよーとかいわれて一緒に食べた。そこからの花音ちゃんはいつもどおりだったから、テンションが高まって変なことをしてしまっただけなのかなと思ってたけど、歌詞が書けなくなっていることとなにか関係あるのだろうか。……うーん。

「あ。歌詞が難しそうなんだったらさ。来てたDMについて検討してみるか？」

キウイちゃんが思いついたように言うと、

「「「……DM？」」」

私たち三人が声を合わせる。どうやらキウイちゃん以外誰もピンと来ていないらしい。

「あれ……もしかして誰も見てない？」

私たち三人が顔を見合わせて頷くと、キウイちゃんははあ、とため息をついた。

「お前らな、DMの管理、私にまかせっきりにしてるだろ」

「だってキウイちゃんにまかせれば……」

私が言うと、花音ちゃんがお気楽なトーンで、言葉を継ぐ。

「まあ、安心だし」

「ですね！」

めいちゃんも頷いて、私たち三人は結託するようにニコニコ笑い合った。キウイちゃんはさらに大きなため息をつきつつも、スマホでXのアプリを開き、DM欄を私たちに見せた。

「ほら」

私たちがスマホを見てみると、そこには長文のＤＭが表示されている。

めいちゃんが目をぱちくりしながら、それを読み上げる。

「えーと、『この度はJELEE《ジェリー》さまに楽曲制作の依頼をしたく、ＤＭしました』!?」

「楽曲制作依頼!?」

花音《かの》ちゃんが目をキラキラと輝かせる。それは私も初耳だ。

「そんなの来てたんだ……」

私が言うと、キウイちゃんは呆《あき》れたようにめいちゃんを見て、続きを読むよう促している。

「……『私はトップアイドルを夢みて上京しましたが、なかなか思うようにいかない地下アイドルです。そこで、未来の国民的シンガーの最有力候補・JELEEさまに楽曲とＭＶをプロデュースしてほしいと思い――』」

「未来の国民的シンガー……？」

私は眉《まゆ》をひそめた。それはなんというか、過大評価しすぎじゃないだろうか。けれど花音ちゃんは満足げにうんうんと頷《うなず》いている。

「最有力候補！　なかなか見る目あるじゃん。ちょっと貸して、一体どんな人が……」

そしてめいちゃんからスマホを受け取って、その差出人のアカウントを表示する。目に飛びこんでくるのは、過剰な絵文字でびっしりな、ポップなアイドルのアカウントだ。

アカウント名には――『みー子@17歳』と書かれている。

「……ん？　みー子……って、どこかで……」

花音ちゃんがぼそりとつぶやく。私も同じことを考えていた。

みー子って……ここ数か月以内に、どこかで聞いたような……。

さらによく見ると、Ｘの一番上に固定されたポストが目に入った。

『【神回】【拡散希望】
ライブを謎《なぞ》のアーティストに乗っ取られたアイドルの結末に涙が止まらない・・・・・
#少しでも気に入ったらＲＰ　#アイドル好きとつながりたい』

「うげ……」

下品すぎるくらいに数字に貪欲《どんよく》なのが伝わってくるポストに、私は思わず声を漏らす。教育上よくないんじゃないかってくらいに承認欲求が濃縮されたそれは、もはやＳＮＳの原液って感じだ。

そして――私はその文章と名前で、薄々気がつきはじめていた。

花音ちゃんが指先でタップして固定ポストに添付されている映像を再生すると――やっぱりだ。

そこで花音《かの》ちゃんも気がついたようだった。

「……あ」

あのハロウィンの日。花音ちゃんがアイドルのライブを乗っ取ったときの映像が、スマホの画面には流れていた。

「あー……」

そして花音ちゃんのテンションが露骨に下がるのを、私は見ていた。

＊＊＊

数日後。

私たちはまたもやカフェバーに集まって、四人で奥のソファ席に横並びに座っている。

そして、私たちの向かいにいるのが――

「銀河系最強アイドルのた・ま・ごっ！　みー子ですっ！　よろしくお願いしますっ！」

栗色の髪にオレンジ色のニットを合わせたみー子なる女の子が、ぶりぶりに媚《こ》びた声と動きで挨拶《あいさつ》をしている。

「はーい、よろしくお願いします」

一番奥に座っているキウイちゃんが事務的に言う。つまりこれから行われるのは、楽曲制作依頼の面接だ。

しかしそんな挨拶を見て、めいちゃんはきょとんと首を傾《かし》げていた。

「銀河系最強なのに卵なんですか？」

私の左隣に座っているめいちゃんが小声で言うので、私も合わせて小声で「きっと設定甘いんだよ、その辺」と教えてあげた。

「それじゃあ、早速なんですけど……今回は、どういったご依頼で？」

私の右隣に座っている花音ちゃんが、やや窺《うかが》うような調子で言う。

するとみー子さんは、うるっと目を潤《うる》ませながら、上目遣いで私たちを見た。

「みなさんっ！　聞いてくださいっ！」

「は、はい？」

がたん、と身を乗り出して言うみー子さんに、私は思わず圧《お》される。

「私、十八歳の頃からアイドルをやってるんですけど、なかなか芽が出なくて……このままだと、もう夢を諦《あきら》めるしかないのかなって……うう……ううう」

同情を誘うように言うと、すっごく大げさな調子で泣きはじめた。いや、というかこれは間違いなく嘘泣《うそな》きで、なんなら指の隙間《すきま》からちらちらと、こちらの様子を窺ってすらいる。

「……」

そんなみー子さんを私と花音ちゃんとキウイちゃんが、冷めた目で見ている。けれどめいちやんだけはうるうると心配そうに見つめていて、この子は私たちが守らないと……。

「……ううっ」

みー子さんは泣いて、そしてまた、私たちをちらっと見た。はあ、なんだか調子狂うなあ。

「えーと、いまってアイドル始めてどのくらいなんですか？」

キウイちゃんが尋ねると、どうしてかみー子さんは気まずそうに目を泳がせた。

「え、えーっとぉ」

そしててへっ、と舌を出しながらお茶目に、こんなことを言う。

「じゅ、十四年目です！」


「「「……へ？」」」


「どうしたんですか？」

声を合わせた三人に、またもめいちゃんがきょとんと首を傾《かし》げた。

「だって、十八歳からやってるって……」

私に続いて、花音《かの》ちゃんとキウイちゃんも同時にそれを叫んだ。

「「「三十二歳!?」」」

「三十二じゃない！　あくまで十四年『目』になったとこだから、三十一歳！」

「同じだろ……」

ぼそっと挟まれたキウイちゃんの一言に、

「そこ！　全然違う！」

みー子さんがすごい勢いでツッコミを入れた。いや、これはもはやツッコミと言うよりもガチの怒りだろう。けど素直にすごいなと思う。正直同い年には見えなかったし、ちょっとサバは読んでいるのかなと思ってたけど、まさか三十一とは。

そんな会話をきょとんと、めいちゃんだけはピンとこないみたいな表情で見ている。

「……卵って、そんなに孵化《ふか》しないものなんですか？」

「うっ……」

純粋というのは恐ろしい。一番デリケートなところを真《ま》っ直《す》ぐ抉《えぐ》った。

「たしかに私は崖《がけ》っぷちで……ついに事務所から来月までに結果が出なければ退所だって言われちゃってね……」

「えっ⁉　それは大変ですね⁉」

驚くめいちゃんの横で、へえ……って私たちは見ていて、もはや本気で心配しているのは一人だけのようだ。

「そうなの！　一か月後の事務所ライブにあわせて新曲MVのアップをしようって話になってて。……その動画がバズらないようだったら、もう辞めどきだね、って」

「バズらないっていうのは具体的にどのくらい……?」

キウイちゃんの確認にみー子さんは、

「最低でも一〇万、できれば二〇万再生はほしいね、って……」

そしてまたううっ、と嘘泣《うそな》きを始めた。この人、こうやって生きてきたんだろうな……。

私は小声で隣の花音《かの》ちゃんに相談する。

「ねえ、思ったより切羽詰まった依頼だよね……」

「だね。責任重大だし、ここは受けないほうが無難――」

その声が聞こえたのか、みー子さんはギラリと目を輝かせて、

「ほら、JELEE《ジエリー》って私のライブをー、横からぁ、勝手にぃ、乗っ取ったところからぁ、始まったじゃない?」

部分部分をすっごく強調しながらみー子さんが言う。

「最近有名になってきたのは私も嬉《うれ》しくてぇ、これならあのとき破られたポスターもぉ、浮かばれるなーって!」

言いながらみー子さんは、オレンジ色のサコッシュのなかから、長方形の紙切れを出した。

それは印刷会社の領収書で、『A1サイズ　印刷代金　九八八〇円』と書かれている。

「うっ……」

勢いで剥《は》がしたのは私なだけに、言葉が胸に突き刺さった。

「だから私を踏み台にしてぇ、チャンネル登録者数も抜き去っていったJELEEにぃ、是非頼みたいなって思って！　えへ☆」

明らかに作られた茶目っ気のある声と圧のある笑顔で放たれた言葉に、

「ほぼ脅しだ……」

キウイちゃんがうんざりとつぶやく。

こうして私たちはみー子さんの楽曲を制作することになるのだった。

＊＊＊

「え？　取材？」

面接が終わって数分後。「それじゃあよろしくね～☆」と帰宅していくみー子さんを、私が引き止めていた。

「はい。せっかくなので、しっかりと取材してから曲を作りたいなーって話になって」

さっき四人で話したのだ。歌詞が書けなくなったと言っていた花音ちゃん。だとしたらこのみー子さんからの依頼が、良いリフレッシュになるかもしれないって。

「いま私が丁度、作詞が止まってた時期だったので」

花音ちゃんも補足すると、みー子さんはふむ、と頷《うなず》いた。

JELEE《ジエリー》の楽曲の中心になっているのは、花音《かの》ちゃんが書いてくる歌詞だったり、どんな曲を作りたいかというコンセプトにある。それが浮かばなくなってしまったのでは、正直ほかのメンバーはやることがほとんどなくなってしまう。

「だからしっかり録音とか撮影しながら、密着とかしてみたいなって。それがなにか私にとって歌詞のヒントになるかもしれないし、記録したものを見返して歌詞を考えたいので！」

するとみー子さんが、やや眉《まゆ》をひそめた。

「……あくまで取材の記録用なのよね？」

「ですね。作るなら手を抜きたくないので、ちょっとでもヒントを得たいなーって」

花音ちゃんが前向きに答えると、みー子さんは視線を自分の体に向ける。

「ならいいけど……けどほら、今日は化粧も衣装も——」

と沈んだ調子で放たれた言葉を、花音ちゃんが継いだ。

「——普段の姿はファンには見せられない、ってことですよね？」

花音ちゃんはにっと笑う。

その言葉にみー子さんは、表情がぱっと明るくなった。

「へえ！　あなた、なかなかわかってるじゃない」

「もちろん！　アイドルは夢を売る仕事ですもんね！」

「まあ、そこをわかってくれるなら問題ないわ。頼んだのはこっちなわけだし」

どうやら元アイドルと未来のアイドル同士、わかりあうものがあったみたいだ。二人は勝ち気に見つめ合って、やがてみー子さんがなにか気がついたように。

「……あなた、やっぱりどこかで――」

「あーっと！　それじゃあ取材開始ですね取材！　ほらヨル！」

「はーい」

私は花音ちゃんに急《せ》かされるがままにカメラを向ける。そういえば私たちが最初に出会った日も、みー子さんは花音ちゃんの顔を見てなにか思い出しそうになってたっけ。まあ『カラフルムーンライト』を歌えるくらいだから、橘《たちばな》ののかという存在は知っているんだろうな。

みー子さんに絶対にバレてはいけないというわけじゃないだろうけれど、事情が事情だし気をつけるに越したことはないだろう。

「それじゃあ早速ですけど、今日はこれからどんな予定なんですか？」

「えーっとねえ。これからはぁ」

みー子さんはもったいぶるように、あざとく媚《こ》びるように、こう言った。

「お・し・ご・と♡」

＊＊＊

「らっしゃっせぇー！」

威勢のいいみー子さんの声が、焼き鳥屋に響く。

奥のテーブル席に通された私たちから少し離れたところで、頭に紺色のバンダナを巻いて『一所懸命』と男らしい筆文字で書かれたエプロンを巻いたみー子さんが、片手でジョッキを三つくらい持ちながら、フロアを早足で歩き回っている。

「はいよぉ！　たこわさ2、おねしゃーぁすっ！」

みー子さん、めちゃくちゃ声が通ってるな……。

私たちはソフトドリンクとともにみー子さんにサービスで貰《もら》った焼き鳥を食べながら、野太い声でテキパキ働く銀河系最強アイドルの卵の姿を見つめていた。

「仕事って……」

花音《かの》ちゃんの言葉を、キウイちゃんが引き継ぐ。

「焼き鳥屋のバイトかよ……」

私も二人の言葉に頷《うなず》き、お盆に大量の枝豆とドリンクをのせて歩くみー子さんの姿を見つめながら、つぶやいていた。

「すごくこう……人生だね……」

みー子さんの仕事っぷりを見守って、そこからどんな曲が作れそうかを話し合いながら、かれこれ数時間くらいが経った。とはいえ焼き鳥屋で働くみー子さんの曲を出すわけにはいかないので、私たちはだんだんと話すこともなくなって時間を持て余している。すると。

「お待たせー！」

私服に着替えたみー子さんが、私たちのテーブルにやってきた。

「お疲れさまです。……バイトは上がりなんですか？」

花音ちゃんが聞くと、みー子さんは頷く。

「そうね。今日は十七時までには帰らないといけないから、三時間だけの短いシフトなのよ」

みー子さんと話していると、そこに男性店員がやってきた。

「お疲れさまでーす。まかないでーす」

「津田《つだ》くんありがとー！」

津田くんと呼ばれた店員さんが、焼き鳥丼《どん》とシーザーサラダを運んできた。まかないと言っていたし、みー子さんが食べる用だろう。

「あ、ちょっと待っててね」

言いながらみー子さんは、スマホを取り出した。

「SNS更新しないと。集客の生命線だからね～」

そしてなぜか、目の前にある食べ物のうち、シーザーサラダだけを写真に収めた。

「よし……っと」

みー子さんはXの画面を表示して、フリック入力で文字を打ち込んでいる。

「……こっちは撮らないんですか？」

花音《かの》ちゃんが尋ねると、みー子さんはさらっとした口調で。

「あ、大丈夫大丈夫。ほら」

見せられたスマホの画面には、たったいま投稿されたみー子さんのつぶやきがあった。めいちゃんがそれを覗《のぞ》き込んで、読み上げてくれる。

「『ダイエット中だから今日の夜ご飯はサラダだけ！』……？　『痩《や》せたみー子のこと、ライブで見つけてね♡』」

「ちょっと！　嘘《うそ》じゃないですか！」

私は思わずツッコんだ。しかしみー子さんは、焼き鳥丼《どん》を食べながらあっけらかんと言う。

「まーまー！　ライブに向けてアピールしとかないと！　これもアイドルの仕事！」

な、なんだそのブラックなアイドル観は……。私はきっと私なんかよりもアイドルに詳しい花音ちゃんの方を向いて、確認してみることにした。

「……そうなの？」

「私の知ってるアイドル……ではないかな……」

「やっぱり……」

私がはあとため息をついているその横で、みー子さんはプラスチックのパックに余り物の焼き鳥などを詰め込んでいた。確かにこれは私の知ってるアイドルでもないね。

＊＊＊

その帰り道。

私たち四人がみー子さんに向けてカメラを回しながら一緒に歩いていると、

「ちょっと寄るね！」

「あ、はい」

みー子さんが立ち止まったのは、スポーツジムの前だった。

チェーン展開されているそこそこ大手のスポーツジムで、ガラス張りになった建物の中にはランニングマシンや大きなダンベルなどがあって、老若男女十人くらいが各々の運動をしている。

「会員以外は入れないからさ、ちょっとだけ待っててもらってもいい？」

「わ、わかりました！」

花音《かの》ちゃんが返事をすると、みー子さんは鼻歌交じりにそのジムへ入っていった。

「……ちゃんと、こういうこともしてるんだね」

私が言うと、キウイちゃんが頷《うなず》く。

「だな、意外と」

「うん、本当に意外……」

花音ちゃんも頷いている。

「けど、どうしよっか。こういうジムって普通どれくらい運動する?」

私が尋ねると、花音ちゃんが少し考えて、

「まあ、一時間か一時間半はやるかな、普通」

「うーん、じゃあどっか入っとくか?」

キウイちゃんが面倒くさそうに言った。

そんな会話をしながらも私たちは、ガラス越しにみー子さんの姿を目で追う。ジムの中央あたりまでるんで歩いていくと、スマホを取り出して、自撮りを始めた。そしてその写真をチェックしているのだろうか、画面をまじまじと眺める。

「あれもSNS用かな?」

私が言うと、花音ちゃんが頷いた。

「まあ、そういうの載せる子はけっこう多いかも」

しかし、どうしてだろうか。みー子さんはまたもるんるんな足取りで歩きはじめると、そのままジムから出てきてしまった。

「おっけー！」

私たちはきょとん、とみー子さんを見つめる。

「ほら！」

言いながらスマホの画面を見せてくるみー子さん。見ると、そこにはXの画面が表示されていた。


『食後の運動してきた！　今年は腹筋割るぞー！
#シックスパック　#筋トレ女子』

「嘘《うそ》じゃないですか!!」

私がツッコむと、みー子さんはがははと豪快に笑う。

「夢を与える！　これもアイドルの仕事！」

そして大げさにウィンクして見せた。

いや、絶対にそんなわけがない。私が違うよね、と花音ちゃんの方を向くと。

「……私の知ってるアイドルの仕事、じゃないかな」

花音《かの》ちゃんはゲッソリとした表情で、虚空を見つめていた。

＊＊＊

それから私たちは駅の外で撮った『いかにも徒歩で帰ってます』みたいな雰囲気の自撮りに『今日はちょっと暖かいから、一駅ぶん歩いちゃおっかな！』という文章を添えたポストを、電車の席に座りながら打ち込んでいるみー子さんを見守りながら、新大久保《しんおおくぼ》駅にやってきた。

一駅ぶんなんてまったく歩いていませんこの人。

そこから徒歩八分ほどで、やや築年数が経っていそうなアパートに到着する。どうやらここがみー子さんの家らしい。

「急だから、ちょっと散らかってるかもだけど」

エレベーターはないらしく、私たちは階段で三階まで上がると、案内されるがままにみー子さんの部屋の前にやってきた。

「ただいまー」

お邪魔しまーす、と各々が挨拶《あいさつ》しながらそこへ入る。ふわっと生活感のある木のような匂《にお》いが漂ってきて、やっぱり人生だなあと私が思っていると。

とんでもない光景が目の前に広がった。

「お母さん、おかえりー！」

そこには――みー子さんに似たロリータ系の服を着た、小学生くらいの女の子がいた。

「……え!?　お客さん!?　誰か来るなら言ってよー！」

女の子は私たちを見るとすごく恥ずかしがって、部屋の奥へ隠れていってしまう。

「「「「えー!?」」」」

私たち四人は声をそろえる。

だって、まさか子供がいるとは思わないでしょ。

＊＊＊

1DKのアパート。狭めのダイニングの中央に置かれたローテーブルの片側に私たち四人が座り、娘さんはその向かいに緊張したように座っている。みー子さんはキッチンでなにやら作業をしているようだ。

「……」

「……」

そしてダイニングに流れるのは緊張感。

「ごめんね？　急に来ちゃって」

ということで人間関係円滑大臣である私が口火を切ると、

「い、いえ！　ゆっくりしていってください！」

両手を顔の前でわたわたと交差させながら、すっごく気を使った口調で言う。こんな年上のお姉さんたち相手に気を使えるなんて、まだ幼いのになかなかの視野の広さだ。この子も将来かなり優秀な人間関係円滑大臣になる素質があると見た。

キッチンのほうを見ると、みー子さんがラップで包んだご飯とまかないの焼き鳥を電子レンジに入れて、スイッチを入れている。続いてヤカンに水を入れてコンロで火にかけると、お椀《わん》に味噌汁《みそしる》の素を入れ、育てていた豆苗《とうみよう》とネギを刻む。刻み終えると同時にレンジが鳴り、続いてヤカンもピーと鳴った。なんというか、一朝一夕じゃ身につかないだろうな、という流れるような手際だ。きっとこういうことを毎日毎日繰り返しているのだろう。

みー子さんは焼き鳥とご飯をそれぞれお皿とお茶碗《ちやわん》によそうと、こちらに持ってきた。

「はい、どうぞ」

「お母さんありがと！」

「ごめんね、夜はかわいくないオカズばっかりで」

「ううん。焼き鳥大好きだから嬉《うれ》しいよ」

それはなんだか不思議な光景。

さっきまでとは違う、どこか優しい声色になったみー子さんの様子を、私たち四人はぼんやりとなにも言わずに見ていた。

＊＊＊

テーブルを挟んで、花音《かの》ちゃんとめいちゃんが、みー子さんとその娘さんと向かい合っている。少し狭いので、私とキウイちゃんは後ろで立ってその様子を撮影していた。

「それじゃあ改めて。えーと、こっちは娘の亜璃恵瑠《ありえる》」

「改めて、馬場《ばば》亜璃恵瑠です。小学五年生です！　よろしくお願いします！」

言いながら、ぺこりと頭を下げる。

「馬場……」

「亜璃恵瑠……」

私とめいちゃんが順番にその名前を復唱する。なんというか名字と名前のギャップがすごい。

「えーと、お二人は親子ということで……？」

花音ちゃんが尋ねると、みー子さんは嬉しそうに亜璃恵瑠ちゃんに抱きついた。

「そうなの！　私のかわいい愛娘《まなむすめ》！」

「あ、けどこのことはお母さんのファンの皆さんには、内緒でお願いします……！　驚かせちゃうと思うので……」

亜璃恵瑠《ありえる》ちゃんは抱きつかれながらもすっごく心配そうに、私たちに訴えかけた。

「またそういうこと言って。亜璃恵瑠はそんなこと気にしなくていいの！」

「けど応援してくれるみんなが――」

やっぱり不思議な関係だな、と思いながらも私が二人を見つめていると、

「あの……二人は普段、どんなふうに生活してるんですか？」

不意に花音《かの》ちゃんが、やや踏み込むようなテンポで尋ねた。ただ取材として聞きたいだけではないような口ぶりに思えて、私はその横顔をぼんやり眺めてしまう。

「いやあ、亜璃恵瑠がしっかり者のおかげで、私はすっごく楽させてもらってて……」

「もう、それはこっちのセリフ！」

「え？」

みー子さんがきょとんと亜璃恵瑠ちゃんを見ると、亜璃恵瑠ちゃんはすごく愛《いと》おしいものを紹介するような口調で、こんなことを言う。

「お母さんは、アイドルをやりながら沢山パートとかアルバイトをしてくれてて。一人でわたしの学校のお金とか、給食のお金とか、生活費とか……全部、稼いでくれてるんです」

「……女手一つで亜璃恵瑠ちゃんを？」

「はい！　だから、わたしはずーっと、お世話になってばっかりで！」

「もう～。当然のことなんだって、いっつも言ってるでしょ！」

亜璃恵瑠《ありえる》ちゃんの頭を撫《な》でながら言うみー子さんは、今まで私たちに見せていたものとは違う、慈しむような表情になっていて。それはきっと、アイドルではなく母親のものなのだろう。部屋中に広がったフリフリの服や、アイドルという肩書き。それだけを見ると、明るくコミカルとすら言える家庭にも見えるけれど、きっといまここに見えている景色以上に、いろいろな事情があるのだと思う。

決して広いとは言えない家。三十歳を超えて正社員ではない雇用形態。父親の不在。このご時世、その一つ一つは決して珍しくはないのだろうけれど、きっと本人たちにとってはむき出しの現実で。けれど、こうして素直に母親に感謝できる娘と、精一杯愛情を注ぐ母親が互いに手を取り合っている。

そう思うと、私のなかに一つの感情が沸き上がってきた。

「……あのとき、ポスター破っちゃってごめんなさい」

「急に責任感じてる!?」

今日のお昼、カフェバーで叩《たた》きつけられた領収書を思い出しながら言う私に、花音《かの》ちゃんがツッコミを入れた。

亜璃恵瑠ちゃんはきょとんと首を傾《かし》げつつも、話の続きをしてくれる。

着ているオレンジ色でフリフリの、みー子さんが着ているものによく似たドレスの裾《すそ》をつまみあげた。

「それに……作る衣装も全部かわいくて！」

けれどその表情はしだいに、遠慮がちに沈んでいってしまう。

「えっと、けど……わたしに似合ってるかどうかは、その――」

「とっても似合ってます!!」

自分を下げるような方向に向いた言葉を即座に否定したのは、めいちゃんだった。

「絶対に！　断固!!　とっても似合ってます!!」

アイドルオタクのなんらかのスイッチが入ったのだろうか、めいちゃんは強く強く、亜璃恵瑠ちゃんを肯定した。

「え……。あ、ありがとう」

その横でキウイちゃんがそのフリルをまじまじと眺めながら言う。

「なんか……思ったよりクオリティ高くて腹立つな」

その軽口にみー子さんが不満げに唇を尖《とが》らせた。

「なんで腹立つのよー！」

「そうだよー！　いいことじゃん！」

みー子さんと亜璃恵瑠ちゃんが口をそろえて反論する。そんな様子を、やっぱり花音ちゃんは口を小さく開けながら、不思議そうに見ていた。

「──あの」

花音《かの》ちゃんが、吸い込まれるように言葉を発する。

「うん？　なあに？」

「どうしてそこまでして……アイドルを続けるんですか？」

それはなんというか、花音ちゃんが言うとどこか意味深に聞こえる言葉で。

「えー、そんなの決まってるじゃない」

そしてみー子さんはその質問に──当然みたいに堂々と、答えてみせた。

「好きだから、だよ☆」

＊＊＊

その日の夜。

「今日はお疲れ。なんか怒濤《どとう》だったね」

私は花音ちゃんと通話していた。みー子さんをプロデュースするに当たって作るＭＶ。楽曲はアイドルソングになるであろうことを見越して、私はアイドル時代の花音ちゃんの写真とかを見ながら、アイドルポーズを参考にしてクロッキーを描いている。

上手《うま》く描けないので、写真のなかの花音ちゃんと同じポーズをしてみる。ウィンクしながらアイドルピースしているので私も鏡に向かってそれをしてみたけれど、いまいち照れがあって輝いていない。

『怒濤だったね〜。けど表に出せないことばっかりで、なにを歌詞にしたらいいのやら……』

「あはは。それはたしかに。スランプはなんとかなりそう？」

『うーん……。けど、人の人生を見るとさ、いろいろ刺激受けることはあるよね』

「そうだねえ」

私がいつもの調子で相槌《あいづち》を打つと、花音ちゃんが不意にワントーン下がった声を出した。

『……ねえ』

「うん？」

きっとそうしたほうが話しやすいだろうと思って、私はそれに気付いてないみたいに相槌を打つ。

『……ヨルのお母さんって、どんな人？』

「……なに急に」

『いや、……今日の二人、不思議な関係だったなーって……』

「あー……」

言われて思い出す。

去年、花音ちゃんが住んでいる家で、美音《みおん》さんから聞いたこと。

花音《かの》ちゃんはもともとお母さんっ子で、アイドルになったのもお母さんに言われたからで。お母さんを喜ばせたい、なんて理由で歌をがんばっていたんだって。

だけど——いまはほとんど縁が切れて、別々の家で過ごしている。

炎上事件だってあったのだ。そこには私が想像できないような、複雑な事情があるに決まっている。

花音ちゃんは私がアイドルポーズをしているなんて思いもしていないんだろうな、とか余計なことを考えながら、真剣に話を聞く。これも絵の一環だから本当に真剣なのだ。

「……別にうちは普通だよ。ほどほどに仲良くて、ほどほどに喧嘩《けんか》もして。言えない秘密もあるけど、たまに大事なこと相談したりもするのが、逆に普通〜、みたいな」

『……そっかぁ』

言葉少なな返事に、私はちょっと困った。

「えーと……花音ちゃんちは複雑——」

言いかけて、自分の失言に気がつく。

「……だよね……、じゃなくて！　……いや、なんでもないです」

やってしまった。気まずい沈黙だと思うやいなや思いついた話題をとにかく投げてしまいたくなる癖をどうにかしないといけない。しゅんとなり、作業をやめてベッドのクッションにうつ伏せに飛び込む。とおっ。

『……ぷっ！』

「……な、なに」

電話越しだけどわかる、完全に笑われた。私が完全に慌てているのを察して笑われてしまった。事実なだけになにも言えない。

『なんでもない。――うん。いいよ』

花音ちゃんは大人びた口調で、優しく肯定するように言った。

「……え？」

私が聞き返すと、花音ちゃんはそのままの大人びた口調で。

『……うちはね。親子っていうより、仕事のパートナーって感じだったかな』

私はその本音めいたトーンに気を引き締めながら、ベッドのへりに腰掛けた。

「……プロデューサー、だったんだよね？」

『うん』

息を吸う音が聞こえた。

『だから私がデビューしてからは、娘の山ノ内《やまのうち》花音としてじゃなくて、アイドルの橘《たちばな》ののかとして見られてた気がしてて』

「橘ののかとして……」

疎外感のある言葉を繰り返す。

花音《かの》ちゃんには花音ちゃんっていう名前があるはずなのに、いつの間にか商品としての名前で扱われるようになった。お母さんっ子だったという話も考慮すると、それはなんだかとても寂しい景色のような気がして。

『ま、やめちゃった今は、もうどうでもいいんだっ』

空元気、という言葉が相応《ふさわ》しいと思った。

声音だけが取り繕われたトーンは、電話越しの私の耳にも、言葉どおり空っぽに聞こえた。

『私にはJELEE《ジエリー》があるし、……たぶんあの人はもう、私のことは——必要としてないし』

ふと、吐息の混じる言葉。

「……そっか」

必要としてない。

それはたまたま強い言葉を選んでしまったのではなく——たぶん、花音ちゃんの実感そのものが、ただ言葉に反映されているだけなような気がして。

「あのさ。もう一個だけ聞いていい?」

だからこそいま、私は花音ちゃんに聞くべきことがあると思った。

『……なに?』

神妙な声。家庭の事情について深く話しているときに、改めてもう一個聞きたい、なんて言われたら警戒もするだろう。

だから私は、ちょっと裏切ってからかうように。

「――あのキスはなんだったの？」

しばらくの沈黙。
そのあとに、『うええ!?』みたいな奇声が聞こえた。
『いやいまそれ聞く!?　あれはその……そう！　ちょっと勢いで！　わかる!?』
私はそのリアクションに安心して、ベッドの上でうつ伏せになり足をばたばたさせた。
「あはは。やっといつもの花音ちゃんっぽくなった」
そう。これこそが長年培った、人間関係円滑大臣としてのやり方なのだ。
『ヨル、やっぱ性格悪いよね!?』
わなわなと声を震えさせながら言う花音ちゃんは、なんだかちょっぴりかわいかった。

最初にお母さんのインタビューがあった日から三日あとくらいの夕方。
わたしはいま、JELEEのお姉さんたちと一緒に、カラオケにきています。お母さんは今日はバイトで、学校が終わったわたしをJELEE《ジエリー》のお姉さんたちが迎えに来てくれたんです。

花音《かの》お姉ちゃんとまひるお姉ちゃんとめいお姉ちゃんは高校の制服を着てて、わたしはこのあいだとは違う、普通の洋服を着ています。キウイお姉ちゃんはリモート？　で参加しています。


わたしはいつもお母さんと一緒にカラオケにいったときにお母さんとよく歌っている、アイドルグループの曲を歌いました。

「亜璃恵瑠《ありえる》さん、すっごく上手です！」

めいお姉ちゃんがすっごくキラキラした目でわたしを見て、ぱちぱちと拍手してくれます。

わたしはつい照れて、顔が赤くなってしまいました。

「あ、ありがとうございます！　……めいお姉ちゃんは歌わないんですか？」

「わ、私、歌はNGなので！」

どうしてか必死なめいお姉ちゃんに、わたしはきょとんとします。

めいお姉ちゃんは、わたしの服をまじまじ見ています。

「亜璃恵瑠さんこそ……あの服はもう着ないんですか？」

「あ、あれは……外で着ると……その……」

きっと、へんな洋服だって、バカにされてしまう。

まわりの目が気になるふつうの小学生のわたしは、それを知っています。

「ね！」

ふいに花音お姉ちゃんが、身を乗り出してわたしの顔を覗《のぞ》き込みました。

「亜璃恵瑠ちゃんって、お母さんのアイドル活動については、どう思ってるの？」

そうでした、これはカラオケに遊びに来ただけじゃなくて、取材の一環なんでした。まひるお姉ちゃんは、そんな様子をいつもみたいにカメラで撮影しています。まひるお姉ちゃんは、JELEEってグループのカメラマン担当なのかもしれません。

「お母さんの……」

わたしは少しだけ考えると、その答えってかんたんだな、と思います。

「……わたし、少し前までは、いまよりもずっと暗い性格をしてたんです」

「そうなんだ？」

花音お姉ちゃんが興味深そうに、うんうんと頷《うなず》きました。

思い出していたのは、数年くらいまえ。わたしが小学校低学年くらいの思い出です。

わたしはもともといまよりもずっと暗くて、もっと遠慮がちな性格で。けれどそれってなにか特別な理由があるわけではなくて、ただ生まれつきだからたぶんどうしようもないって思ってて。

「今日も友達、できなかったな……」

さみしい気持ちで、いっつも一人で帰っていました。

そんなある日。

「ただいー――」

わたしがしょんぼりと家のドアを開けると、お母さんが新しい衣装を着て、鏡の前でいろんなポーズを決めていました。お母さんの作った、手作りの衣装です。

「あ！　亜璃恵瑠《ありえる》おかえり～！」

満面の笑みで迎えてくれるお母さん。相変わらずお姫様の部屋のようになっているわたしたちの家。オレンジ色のフリフリのドレスはとってもかわいくて。

「見てこれ！　……じゃーん！」

お母さんが取り出したのはおそろいの、わたしサイズの衣装でした。

「お揃《そろ》いで、一緒に踊ろ！」

子どもみたいな笑顔で、お母さんが言います。

それはなんだか、みんなからどう思われるかとか、自分は暗いとか明るいとか、そんな勝手な決めつけなんていっさい気にしていないみたいな、自由さがあって。

でもその自由さは、わたしからしたら、眩《まぶ》しいものでした。

「あ、それともお腹空いてたらご飯にする⁉　今日は亜璃恵瑠の好きなオムライスだよ～！まずは一緒にケチャップでお絵かきしよっか⁉」

次々と湧《わ》いてくる底抜けに明るい言葉に涙を流しそうになって、わたしはうつむいて隠しました。だけどお母さんはやっぱりすごいな、わたしの思いなんて、すぐに気がついてしまいます。

「どうしたの、私なんかしちゃった!?」

「ううん……」

「やっぱりいつまでもアイドルの卵なんかやってて痛いから!? いつまでも孵化《ふか》しないから!?」

あわあわと心から動揺したみたいに、わたしの肩を両手で摑《つか》んで、なんならわたしよりも涙目になっているお母さんを見て、わたしはなんだかちょっと泣けてきました。

「もう……なんでもないっ!」


それがわたしの思い出で、キッカケでした。

「それからすっごく気持ちが楽になって……わたし、思ったんです」

「思った?」

と、まひるお姉ちゃんです。

わたしはうなずきます。

「――人ってこのくらい、なにも考えずに喋《しゃべ》ってもいいんだ！　って！」

「いやそれ、小学生が親から貰《もら》う教訓かな？」

まひるお姉ちゃんにずばっと言われてしまったけど、わたしはお母さんのそういうところが好きでした。

「きっとそのときから、わたしはお母さんのファンなんです」

だからたぶん、わたしとお母さんは、親子であると同時に、アイドルとファンで。

「それから少しずつ明るくなれて、クラスメイトとも話せるようになってきて……」

わたしが話を続けていると――

「わかりますっ!!」

めいお姉ちゃんが、大きな声を出しながら、がしっとわたしの手を取りました。

「――一人ぼっちを救ってくれるのは、いつだって推しなんですよね！」

その言葉はなんだか、わたしの胸に響きました。

＊＊＊

それから数時間後。

わたしは帰り道が同じになっためいお姉ちゃんと二人で、駅のホームにいます。

そしてわたしは、チャンスだと思っていました。

めいお姉ちゃんに、聞きたいことがあったから。

「あの……めいお姉ちゃんにも、推しがいるんですか？」

「え？」

「……さっき、言ってたから……」


――『一人ぼっちを救ってくれるのは、いつだって推しなんですよね！』


それを聞いたとき、わたしはもしかしたら同じなのかな、と思いました。めいお姉ちゃんは納得したように頷《うなず》きます。

「……はい。私はずっと、一人の人を推しつづけています」

「や、やっぱり！」

だとしたらわたしは、この推し活の先輩に、聞いてみたいことがありました。

「……あ、あの。……めいお姉ちゃんは……」

「はい」

すっとわたしに顔を向けて、めいお姉ちゃんは微笑《ほほえ》みます。

「自分の推しの良さがわかってもらえないときって、どうしてる……？」

「推しの、良さが？」

わたしは頷《うなず》きます。

「……わたし、よく笑われるんです」

「え……」

それは、わたしの大好きなものが、馬鹿《ばか》にされてしまったときの記憶でした。

――『おい馬場《ばば》～！　お前のおばさん授業参観になにしにきてるんだよ～？』

――『親なのに出しゃばりすぎじゃね？』


「っ！」

よみがってくる黒い言葉に、わたしは急いでふたをします。

「お母さん……お仕事しながら歌も踊りもがんばってて。かわいい衣装も、いっぱい作ってくれて。なのに、お前のお母さんは変だって、からかわれるの」

ことばは自然に、だんだん暗くなってしまいます。

「お母さんって……変、なのかな？」

だんだんと、ことばが震えてしまいます。

――『つーかお前無口だけどさあ、ぜんぜん親に似てないのな？　あ、もしかして――』

「……お母さんのこと好きなわたしって、おかしいのかな……っ？」

そのとき。

「――そんなことありませんっ！」

めいお姉ちゃんは、どこか叱《しか》るようなトーンで、言いました。

「!?」

めいお姉ちゃんが、わたしの両肩を摑《つか》んで、わたしの目をまっすぐ見ます。

「誰かを好きであることがおかしいなんて……絶対に、ありません」

「そ、そうなの……？　でもみんなは……」

わたしのなかの不安は消えませんでした。

めいお姉ちゃんは、ゆっくりと語ります。

「……私も少し前、大好きな人が、世間からこれ以上ないくらいに叩《たた》かれたことがあったんです」

その言葉には、なんだかすっごく強い実感があって。

わたしよりも大きい、悲しみに耐えていたような、つらい表情でした。

「私、悔しくて。みんななにも知らないくせに、一言も話したことないくせに、って」

なにも知らないくせに。

一言も話したことないくせに。

それはわたしがずっとなんども思っていることで。

だからそれを代わりに言ってもらえたような気分になって、どきどきしました。

「でも私は……大切な言葉を貰《もら》ったから。救ってもらったから。……信じたんです」

たいせつなことを語るみたいに、めいお姉ちゃんは言います。

「私がその人のことが好きな気持ちだけは、絶対に、間違いなんかじゃない……って」

「っ！」

「だって、その人の一番素敵で、かわいくて、かっこいいところを知ってるのは——私なんですから！」

その言葉はなんだか、こころの一番奥のところに届いた気がしました。

「わ、わたしも……っ」

「？」

「お母さんの一番かわいいところを……いっぱい知ってますっ！」

わたしが必死に言うと、めいお姉ちゃんは、にこっと優しく笑ってくれます。

「それなら……亜璃恵瑠《ありえる》さんも、大丈夫です。胸を張って、最後まで推してください」

ことばが、するするとわたしのなかに染みこんでいきました。

「だって亜璃恵瑠さんは——みー子さんのTOなんですよね？」

わたしは、聞き慣れない単語にきょとんとしてしまいます。

「……てぃ、てぃーおー？」

そして、くすっと笑っためいお姉ちゃんが、その意味を教えてくれるのでした。

＊＊＊

その翌日。

「終わったら、すぐライブ向かうね！」

「けど亜璃恵瑠、その服……」

わたしは友達とちょっと遅めの初詣《はつもうで》に行く予定なのに、お母さんに作ってもらったフリフリの服を着て、玄関に立っています。

「今日は友達と行くのよね？」

お母さんが心配して言います。きっとお母さんも、これが世界では普通ではないことは、知っているんだと思います。だからわたしがいつもこの服を着て一緒に踊るのは、お家の中だけでした。

けど、わたしはもう決心していました。

頭にあるのは、めいお姉ちゃんの言葉です。

「……大丈夫だよ。お母さんが作ってくれた服だもん」

わたしはドレスのすそをつまむと、くるっと回ります。

「それに——わたし、この服でお母さんのライブ、行きたいから！」

二月《ふたつき》に一回くらいのペースで行われている事務所のライブ。わたしはそれにほとんどかよっていたけれど、それはいつも市販の服を着てでした。

この衣装でライブに行こうとしているのは今日が初めてです。

お母さんの新曲がお知らせされるライブはまだ先だったけど、それでもどのライブも大事なのは、変わらないはずでした。

お母さんは、嬉《うれ》しそうに笑ってくれます。

「……そっか。うん……いってらっしゃい」

また少し心配そうな声だったけれど、それでもお母さんは、笑ってくれました。

＊＊＊

わたしはクラスの女の子二人と一緒に初詣《はつもうで》をしています。二人はわたしと仲良くしてくれているいつものメンバーだったから、わたしの着ている服を見て少し驚きはしたものの、バカにされることはありませんでした。

ほらね。お母さんの作った服は変なんかじゃないんだ。

わたしは絵馬にいま一番の願いごとを書くと、それをまじまじ眺めます。

「ありっちゃ〜ん！　絵馬書けたー？」

わたしはちょっと焦って隠しつつ、絵馬を引っかけると、友達に合流します。

「ごめん、いま行くー！」

と、そのとき。

「――あれ？　馬場《ばば》じゃん」

聞こえたのは、聞き覚えのある声。

振り向くとそこにいたのは、わたしのクラスメイトの男子でした。

「え……清水《しみず》くん」

わたしの声が震えます。また、いやな記憶が蘇《よみがえ》ります。

「おーい！　さっきの派手なフリフリ女、馬場《ばば》だったんだけどー！」

見ると、そこには同じクラスメイトの横山《よこやま》くんや川崎《かわさき》くんもいて。

「うわ～馬場、なにその服～！　コスプレかよ～」

「っ！」

清水《しみず》くんの言葉に、体が震えました。

「てかこれあれじゃね⁉　マコトが言ってたTikTokの渋谷《しぶや》のライブのやつ！」

「なにそれ？　ライブ？」

横山くんが言ったことを、川崎くんが聞き返します。

TikTokの渋谷ライブ。それはわたしも知っていました。

お母さんが花音《かの》お姉ちゃんにライブを乗っ取られて、けれどそれをきっかけにJELEE《ジエリー》が誕生して。だからなのか、あの動画はあのころよりも少しだけ、有名になっていました。

「え、知らねーの？　馬場のおばさんがめっちゃウケるんだよ！」

わたしの頭はどんどんと、真っ白になっていきました。

ヤッホー☆　私はみー子！　みんなもちろんご存じだよネ⁉　って私は誰に挨拶《あいさつ》しているの

カナ!?

いま私は事務所主催のライブの楽屋で新しい衣装に着替えて、すこぶるご機嫌になってるよ！　だって今日は新しい衣装の初下ろし、しかも着てみたら思ったよりもすっごく私に似合っててサイコーなの！

JELEEの四人が密着ってことで遊びに来てくれてて、楽曲がアップされる来月のライブに向けて、ラストスパートをかけてるみたい！　亜璃恵瑠《ありえる》が作ってくれた推し団扇《うちわ》とかも持ってきてもらったから、今日のライブはいつもより賑《にぎ》やかになりそう！　今日のお客さんは十人いるかいないかくらいだろうから、四人増えるってすごいことだよね！

「みー子さん、いいじゃんその衣装！」

「ありがとー花音ちゃん！」

「とっても可愛《かわ》いいです！」

「めいちゃんもかわいいわよ！」

……ってカンジで褒められてご機嫌な私だったけど、ちょっと気になることもあるんだよね。

「ね、亜璃恵瑠は見てない？」

だっていつもは一番乗りしてくる亜璃恵瑠の姿が見えないんだもん。

「あ、はい。私、入り口のところにずっといましたけど、見なかったですね」

まひるちゃんが言う。しっかり者のこの子が言うんだからたぶん間違いないんだろうな。

「うーん……」

私は焦りながら七〜八度目になる電話をかけるけど、やっぱり亜璃恵瑠《ありえる》は出なかった。

「いつもは開場してすぐ一番乗りしてくるから……ちょっと遅いなーって」

「まもなく本番でーす」

ばたん、とドアを開けながらスタッフが言う。その言葉で私の不安はもっと大きくなった。

「……電話、折り返しもなくて……」

一体なにが起きているんだろう。ライブ前にあの子がこんなに連絡取れなくなったことって初めてだ。

「それは……心配ですね……お友達と初詣《はつもうで》なんですよね？」

めいちゃんが少し瞳《ひとみ》を潤《うる》ませている。

「うん。事故とかじゃないといいけど……」

そこでぶるる、と私の携帯が震える。亜璃恵瑠からの電話かと思ったけど違うみたいで、それは私のYouTubeチャンネルのＭＶに新しいコメントが届いたっていう通知だった。

「……？」

それを見た私は、血の気がひいた。

『お母さ〜ん！

一人じゃフリフリの服着れないから手伝って〜！

愛《いと》しのアリエルより♡』

「……これって」

手と声が震えた。そんな私の様子を察したのか、JELEE《ジェリー》のみんなが心配そうに私の視線の先のスマホを覗《のぞ》き込む。

「亜璃恵瑠ちゃんの名前が……」

花音《かの》ちゃんが言うと、まひるちゃんとめいちゃんは絶句する。そんななか、キウイちゃんだけが真剣な表情で私を見ていた。

「それに……フリフリのお洋服、って」

私が少しずつ情報を整理していると、キウイちゃんがボソリと言った。

「あの洋服、着ていったんですよね？　……友達がいる場所に」

苦虫をかみつぶすみたいな声に、私は驚いた。

「え、うん。そうね」

するとキウイちゃんは冷静に、けれどどこか不快そうに。

「たぶん——同級生の悪意だと思います。……学校って……そういう場所なので」

そっか。

きっといま亜璃恵瑠《ありえる》は悪意に晒《さら》されて、だから、連絡すら取ることができなくなっていて。

キウイちゃんの言葉は重く苦しいものだったけれど——なのに私は、驚いていなかった。

だって。たぶん私は、わかってたから。

っていうよりも私は、見て見ぬフリをしてたんだ。

「……私のせいだ」

「え……」

「私が……変だから」

落とした言葉が、自分の不誠実なところを殴りつける。

自分がカワイイをやりつづけたいからって、母としては浮くような服ばかり着て。授業参観にあんな服を着ていったら浮くなんてことわかっていたのに、亜璃恵瑠も一緒になって楽しんでくれるからって言い訳をして、私は自分のやりたいことばかりをやってきた。

永遠の十七歳、なんてキャッチフレーズをつけたけれど、私の心は文字通り、十七歳で止まっているのだろう。だけど、いつまでも少女みたいに『カワイイ』を求めつづける変わらない自分のことを、私は否定したくなかったのだ。

そのしわ寄せが、私に来るならいい。いくらでも受け止める覚悟はできている。

だけど。

「……みんな、ごめん。ここまで付き合って貰《もら》ったのに」

「「「え」」」

私は覚悟する。

せっかく来てくれた数少ないファンとスタッフを裏切ってしまうことを。

私は覚悟する。

無茶な仕事を受けてくれた、私と一回り以上年の離れた少女たちを取り残してしまうことを。


私は、覚悟した。


――いままで見て見ぬフリをしてきた、自分の罪と向き合うことを。

ライブハウスの出入り口のドアを開けると、思いっきり地面を蹴《け》る。

道路へ続く十段はあるであろう階段の上で、私は宙を飛んでいた。

「っっっ、やあああぁぁぁ――――――っ!!」

叫んで、足を大きく前後に広げて、普通と変の境界線を、ひとつ飛びするみたいに。

「あぐっ!?」

慣れないことをしたもんだから、着地するときに足首と膝《ひざ》にダメージを負ってしまう。別に飛ぶ意味はなかったからやらなければよかったわね、なんて思いながら、私は三十代の関節が悲鳴を上げているのを無視して、そのまま全速力でライブハウスを飛び出した。

「ちょっと!? ライブどうするんですか!?」

キウイちゃんのもっともな正論を置き去りにすると、私は亜璃恵瑠《ありえる》から聞いている神社のほうへ、全力で体を運んでいった。

きっとこんな不義理を働いたらもう、私はあの輝いた場所に戻れない。

だけど、それでいいと思った。


昼下がりの渋谷《しぶや》の街を、フリフリのドレスで思いっきり走っている。

寒くて乾燥した空気が、最近乾きやすくなってきた私の肌をさらにパリパリにして、ちょっと表情を動かすだけでひどくツッパる。二十代前半のころは化粧水を塗るだけでプルプルもちもちだったのに、朝に乳液と油分多めの日焼け止めを塗ったはずの肌はなぜかとっくに砂漠化して、油分も水分をも吸い尽くしてこのざまだ。

マスカラでバサバサにしたまぶたが重い。頬《ほお》の上あたりで皮脂が下地と混ざって、毛穴が詰まっていく。額からたれてくる汗が、防水性能の高いファンデーションの上からさらに厚塗りしたフェイスパウダーの上をさらさらとすべって、私の後ろに飛び出していった。

皮肉なものだよね。私がかわいい私でいるために身に纏《まと》ったぜんぶの武装が、私の足を引っ張って、私に年相応を感じさせてくる。

「はあっ、はぁっ……！」

乾燥。

摩擦。

紫外線。

年齢による劣化。

ああもう、うるさいうるさい！

「はぁ……っ、びぇ、じぇ、ぅえぇっ……！」

私をカワイイから遠ざけてくる全部のしがらみを脱ぎ捨てるみたいに、私は渋谷の街をとにかく走る。あっという間にあがってしまった息はぜえぜえと、低くかわいくない声と一緒にみっともなく吐き出された。こんなことになるんだったらちゃんとジムで運動しておくべきだったかな、なんて思うけど、それはそれで関節を痛めてたような気もするし、どうあれ私はみっともないのだ。

だけど。

「…………亜璃恵瑠《ありえる》〜〜〜〜っ！！！」


あの子が生まれたとき。

世間からなにを言われようとも、私が本気で世界で一番かわいいと思ってつけた大好きな名前を叫びながら、私は人の波を突き進んだ。

だって私は――
あの子の、たった一人のお母さんだから。

これはとんでもないことになった。

「いっちゃったな……」

キウイちゃんが呆然《ぼうぜん》として言うと、めいちゃんが頷《うなず》く。

「ですね……」

「大丈夫かな、亜璃恵瑠ちゃん……」

私が心配すると、めいちゃんも涙目でうんうんと頷いた。

「っていうか、……ライブの主役が、いなくなっちゃったけど……」

花音《かの》ちゃんはさすがは元アイドルと言うべきか、ライブのことを心配しているようだ。

楽屋の外からはスタッフがざわざわしはじめる声が聞こえてきて、徐々にそのざわざわは怒号や責任逃れの色を含みはじめる。大人のいやなところを見せられている。

「どうするんだよ!?」

「って言っても、あいつうちに入れたのお前だろ?」

「そういうのはいいからさ、誰か代わり見つけないと……」

そんなふうに展開していったスタッフの声と意志が、やがて一つの方向にまとまりそうになるのを、私は感じていた。

「ね、みんな」

だから私はいち早く、ここから退散することを提案しようとしたんだけど。

ばたん、と楽屋のドアが開いてしまった。

私たちが退散するよりも少しだけ早く――スタッフたちの視線と意志が一つの方向に定まってしまったのだ。

「ねえ」

その一つの方向――というのは。

「きみたち、みー子の関係者だよね!?」

無論、私たちがいる方向だった。

「「「……え」」」

＊＊＊

十数分後。

開演前の、真っ暗なライブハウス会場。

「れ、れでぃーす、あんど、じぇ、じぇ、じぇんとるめん！」

マイクを通しためいちゃんの不慣れな声が、会場に響きわたる。

同時に、大きなステージライトがついた。

「……？」

ざわざわと、十数人の観客の困惑が伝わってくる。

ライトに照らし出されたのは、ステージに立つ私たち四人の姿だ。みー子さんが衣装替えで着るはずだったらしいアイドル衣装を着て、観客の前に立っている。花音《かの》ちゃんがマイク、めいちゃんがシンセサイザー、キウイちゃんがＤＪテーブル、私が――トライアングルを持っている。

お客さんたちはみー子さんを見にきたわけだから、私たちの姿を見て驚き、目を丸くしている。

「急になんだー⁉」「誰だー⁉」「みー子はー⁉」

だからもちろん空気はホームって感じじゃなくて、なんだかあのハロウィンライブの日を思い出す。というか考えてみると、私たちってこれでみー子さんのライブを乗っ取るの二回目になるんだな。今回はやりたくてやってるわけじゃないけど。

「私たちは！」

そして、またあのときのように。

戸惑いの声を塗りつぶすような、花音ちゃんの声が響いた。

「未来の国民的シンガーの最有力候補・JELEE《ジェリー》――」

ぐるりと私たちを見回す。

そして花音ちゃんは、息をすっと吸い込んで、

「――の！」

観客に向けて、得意のウィンクをして見せた。

「コピーバンド、です！」

その言葉を合図に、キウイちゃんがＤＪテーブルのボタンを勢いよく押す。私たちの最初の

一曲『最強ガール』の伴奏が流れはじめ、それに合わせて歌う花音《かの》ちゃんの声が、会場を埋め尽くした。

「はあ、はあ……」
亜璃恵瑠《ありえる》が初詣《はつもうで》に行ったという神社に到着した私は、荒れに荒れた息を整えながら境内を歩き回っていた。亜璃恵瑠の身に降りかかった悪意から、なんとかあの子を救い出さないといけない。
そんなとき、私は境内の絵馬がいくつもかけられているスポットで、見覚えのある文字を見つけた。丸文字でかわいくて、けれど画数の多いその名前。
私が絵馬を手に取ると、書かれていたのは。
『お母さんがアイドルを続けられますように
馬場《ばば》亜璃恵瑠』
「っ！」

息が詰まる。

私が変なお母さんなせいで、迷惑をかけて。

悲しい思いだってきっと、何回もさせてきたのに。

あの子は私のことを、母親として。そしてあろうことか、アイドルとして、応援してくれている。

早く、見つけてあげないと。

私の大事な——一人娘を。


「ほらー！　見てみろって、これぇ！」


ふと、意地の悪い男の子の声が耳に入った。

声に振り向くと、そこには亜璃恵瑠と、恐らく亜璃恵瑠をからかっている、男の子三人の姿があった。亜璃恵瑠の横には友達と思われる女の子も二人いて、亜璃恵瑠をかばっているようだった。

「見てみー？　馬場のおばさん、白目〜！」

　一人の男の子がみんなにスマホの画面を見せていて、それを見せられた女の子たちが笑いを堪《こら》えたり、目を背けたりしている。どうやらその画面には私が変な表情をした瞬間が表示されているみたいだ。

「いや、だから――。……ぷっ。ご、ごめん」

女の子たちは謝罪を口にしながらも――笑ってしまっていた。

「っ」

また、私のせいだ。

私のせいで、亜璃恵瑠《ありえる》が悲しんでいる。

いますぐに私が出ていって、亜璃恵瑠を助けないといけない。

私は息を吸い込む。一歩踏み出して、口を開いた。

けれど、そのとき。

亜璃恵瑠は私に気付かないまま、強い視線で前を向いて、こんなことを叫んだ。


「あなたたちに、お母さんのなにがわかるの！」


亜璃恵瑠は必死に声をあげて、目に涙を溜《た》めている。

私はその声に、言葉に。吸い込まれていた。

「お母さんのカッコいいところも、可愛《かわい》いところも、なにも知らないくせに!!」

体を丸めて、思いっきり叫ぶように、亜璃恵瑠は言う。

そんな様子に、男の子たちは困惑していた。

「いや、ＳＮＳとかプロフィールとかは見たけど……」

「あれ、嘘《うそ》ばっかりだろ」

「うるさい!!」

亜璃恵瑠が私をかばって、一喝《いっかつ》する。

「ええ……」「理不尽……」

「それでもわたしはお母さんのことが好きなの！　お母さんは銀河一可愛いし、豆苗《とうみょう》育てるのも上手《うま》いし、いまはまだ卵だけどすぐに孵化《ふか》するし、嘘つきなところもむしろ可愛いし……」

私はそんな姿を、ただ見ていることしかできない。


「――だからわたしがお母さんを好きって気持ちだけは、絶対に間違ってないの!!」


真《ま》っ直《す》ぐ、言い切った。

あの子はいつの間に、こんなに強くなってくれたのだろう。

亜璃恵瑠の言葉にはたしかに、折れない芯《しん》のようなものが芽生えていた。

そして亜璃恵瑠は天を指すように指を一本突き上げると、

「それに、わたしはお母さんの――TO！」

自信満々の笑みを浮かべて、高らかに宣言した。

「――トップ・オタだもん!!」

男の子たちは唖然《あぜん》としている。

「……はあ？」

けれど私の目からは涙がこぼれていて、自然と頬《ほお》が綻《ほころ》ぶ。

そっか。

亜璃恵瑠《ありえる》は私の大切な娘で。そして。

誰よりも最前で私を応援してくれる、私のオタクなんだ。

自分の頬をぱん、とはたく。私は気合いを入れて、み、い、子になりきる。

涙を拭《ふ》いて笑顔を作り直すと、私は歩き出した。

「みんな、私のMVを見てくれてありがと～！」

ここがステージなら、一番後ろにも見えるくらいに大きく腕を振って。

悪口もぜんぶ塗りつぶすくらいの声を響かせた。

「え、馬場《ばば》のおばさん？」

「どうする？　逃げる？」

突然のアラサー女の登場に、男の子たちは目配せを始める。私みたいな変なお母さんは、みんなをぎょっとさせるにはちょうどいい異物だ。

「まああきみたちそう言わず――」

私は男の子たちに、手を差し伸べた。

「おいでよ！　私のライブに！」

すると、男の子たちはバツが悪そうに、

「……し、失礼しましたー！」

「逃げろー！」

そう言い残して、去っていってしまった。あらら、来てくれるのなら歓迎だったのにな。

そんな私を、わなわなと震えながら見ているのは亜璃恵瑠だ。スマホの時計を見て、焦って気がついたように、私にすがりついてくる。

「お、お母さん!?　ライブは!?」

心配そうに、真《ま》っ直《す》ぐ私を見て。

まったく。まず心配してくれるのは、そこなんだね。

「あはは。すっぽかして来ちゃった！」

てへへと笑う私だけど、亜璃恵瑠《ありえる》はすごく焦った表情だった。

「だ、だめだよ！　お母さんはアイドルなんだから、早く戻らないと！　ほら！」

自分の身に降りかかった悪意なんて気にしない様子で、それが私のせいだなんてこと、一切思っていないような純粋な瞳《ひとみ》で。

そっか。

だったら私も、魅せないといけないよね。

きっと間に合ったとしても、これが最後のライブになるだろう。でも。

「——じゃあほら、いこっか！」

「わわぁっ!?」

私は走り出して、亜璃恵瑠の手を取った。

何年か前の運動会の親子リレーみたいに手をつないで、向かっているのは言うまでもない。

私が大切な人に輝きを見せるための、ステージだ。

「私はアイドル、だもんね！」

そろそろ、私の唯一の出番がやってくる。

ライトに照らされたステージの上。

花音《かの》ちゃんが目の前で歌っている後ろでトライアングルを持って、私は立ち尽くしている。

「一番後ろまで見えてるよ～！」

もともとはとんでもないアウェイから始まったみー子さんの代役という舞台のはずなのに、花音ちゃんがさすがは元プロという貫禄《かんろく》ですっかり観客を魅了していて。その斜め後ろで、私は震えていた。

初めは硬かった様子のめいちゃんもキウイちゃんもいまや花音ちゃんと一緒に演奏を楽しんでいて、私だけがずっと固まったまま、機を窺《うかが》っている。

私の頭をいっぱいにしていたのは、ステージに上がる前。ライブハウスの備品のなかで私が唯一演奏できそうな楽器としてトライアングルを渡されたときに、花音ちゃんから言われたオーダーだ。

『大丈夫！　一番最後、良い感じのところで鳴らしてくれればいいから！』

めちゃくちゃアバウトかつ感覚派すぎる注文はもちろん明確な答えなんて私には与えてくれ

なくて、私の緊張をさらに増幅させていた。

そりゃ誰も厳密な演奏なんて期待してないことくらいわかってる。みー子さんの不在に現れた謎《なぞ》のバンドとして、わちゃわちゃと盛り上げて場をつなげられればそれで正解だなんてことも、空気読みが得意な私は百も承知だ。

それでも、私だけがやらなければならないミッションみたいなものを課せられると、緊張してしまうのだ。

歌は最後のサビへ向かう。盛り上がるなか、花音《かの》ちゃんがサビのラストフレーズを歌いはじめた。

「……っ」

もう逃げることはできない。ここで鳴らさずに突っ立ったままで終わるという手もなくはないが、『あの子一回も鳴らさなかったな……ミスかな』って思われてしまうと思うと、それはそれで傷つく。これがクラゲの生態である。

花音ちゃんの歌声に、観客の盛り上がりも最高潮だ。

ええい。こうなったら、やるぞ。

「――踊ろうよっ」

花音ちゃんが、ラストフレーズを歌い切った。

そのタイミングで私は頭上まで腕を上げて、意を決して――振り下ろした。

ちーん。

間抜けな金属音が、うっすらと会場に響いた。

「……」

なにやら観客にはステージの様子を撮影してるっぽい男の人とかもいて、ちょっと本当にやめてほしい。佳歩《かほ》に撮られた寝顔以上に私の恥ずかしい姿を、世界に残さないでほしい。

その瞬間。

突然、ステージのライトと音が消えた。

「え!?」

花音ちゃんが声をあげる。ざわめく会場と私たち。暗闇《くらやみ》のなかでうっすらと人影が私たちの間を横切って——

花音ちゃんのマイクを、当たり前みたいに奪いとった。

「お待たせ〜〜〜〜〜!」

そこにいたのはもちろんと言うべきか、みー子さんだった。

「私のためにつないでくれてありがと〜〜!」

観客からは歓声があがる。なんだろう、たぶん半分くらい演出だと思われてるんだろうな。

純度百パーセントのガチなんだけど。

「それじゃあ最初の曲——の前に」

みー子さんが、すっと真顔で会場を見渡す。

「皆さんに、言わなければならないことがあります」

その声色はなんだかいつものみー子さんとは違って、どこか神妙で。

「……私、嘘《うそ》をついていました」

観客から「なんだなんだー！」「匂《にお》わせかー!?」みたいな野次が飛んでいる。

そしてもちろん、私たちJELEE《ジエリー》……のコピーバンドの四人も、その言葉に驚いていた。

「実は私は、永遠の十七歳じゃなくて……三十一歳で」

「三十一歳!?」

観客が驚いて、私たちはきっと、それとは別の意味で驚いている。

「バツイチで、子持ちで……」

「バツイチ!?」「子持ち!?」

次々と言ってはいけないことを告白するみー子さんの表情は、覚悟に満ちていた。

「ジムにも行ってないし、毎回ご飯は大盛りにしてるし、一駅ぶん歩いて帰ったことなんて一回もないし、クレカも滞納しがちだし、カットできるお通しは全てカットするし、ストレス溜《た》まったらヤフコメにお気持ちコメント書き込むし……」

「え、え……」「みー子ぉ?」

ライブ会場が絶望と困惑であふれる。あと前半のほうは私たちも知ってたけど後半に新しい情報が出てきてみー子さんという存在の情報量の多さに個人的にも驚愕《きょうがく》していた。

「だから、今日からのみー子はみー子じゃありません! 私は亜璃恵瑠《ありえる》のためのスーパーアイドル――その名もっ!」

そしてみー子さんは目のあたりでピースを作り、わかりやすくアイドルポーズをした。


「――馬場《ばば》、静江《しずえ》ですっ!」


「う、うおおー……?」

リアクションに困る観客たちの声が、ライブハウスを満たした。

＊＊＊

数十分後。

ライブを終えた私たちは、ステージ出入り口付近の控え室で集まっていた。

「すごいライブだったね……」

「けど、素敵でした！」

花音《かの》ちゃんはぐったり疲れているけれど、めいちゃんは花音ちゃんと一緒にライブができた余韻で、すごく元気そうだ。

そんななか、みー子さんがステージから帰ってきた。

「みんなありがと～！　なんか吹っ切れた！」

それはまさに憑《つ》き物が落ちた表情という言葉が相応《ふさわ》しくて、活き活きとした笑顔は、なんというか年相応に綺麗《きれい》だった。

「……よかったんですか？　全部言っちゃって」

「いいの。だって――」

と、そんなとき。控え室のドアを大きく開けて、亜璃恵瑠《ありえる》ちゃんが飛び込んできた。

「お母さ～ん！」

そしてそのまま、みー子さん――もとい、静江《しずえ》さんの胸に飛び込んだ。

開け放たれた扉の向こう。徐々に閉まるドアの向こうでは、控え室を覗《のぞ》き込んでいるみー子さんのファンたちが、ざわざわしている。

「娘本人……だと!?」

演者もいる控え室の扉を開け放ってしまうのはよくないことだけれど、一刻も早くお母さんの胸に飛び込みたかった小学生のことを、誰が責められよう。

「亜璃恵瑠《ありえる》っ！」

みー子さんは亜璃恵瑠ちゃんを受け止めると、ふわっと優しく抱きしめた。

「かっこよかったし、かわいかったよ〜〜〜〜！」

亜璃恵瑠ちゃんはもうほとんど泣いてしまいながら、みー子さん——もとい、静江《しずえ》さんに頭を撫《な》でられていた。

そんなめちゃくちゃ『親子』な光景を、ファンの人たちが開いたドア越しに見ていた。

「受け入れられるか……？　俺……！」

「新しい扉……なのか……？」

ざわめくファンたち。けれどみー子さんはそんなみんなに余裕のある表情を向けて——

「三十一歳、バツイチで子持ちのアイドルっ」

やっぱり年相応に輝いた笑顔を浮かべながら、こんなことを言った。

「——そんな私も、かわいいでしょっ☆」

＊＊＊

それから数週間後。

JELEE《ジェリー》の四人でいつものカフェバーに集まった私たちは、オレンジジュース三つとトマトジュース一つで、打ち上げをしていた。

「それじゃ、カンパーイ！」

花音《かの》ちゃんの音頭を合図に、私たち四人はガラスコップを合わせる。

「いやあ……それにしても」

言いながらキウイちゃんがパソコンを操作する。

画面に映っているのは、『Mi-ko Galaxy Channel☆』改め『馬場《ばば》静江』にアップされた新曲の動画だ。

「……爆伸びしたな」

『取材』を元にした楽曲とＭＶが完成して数日。

まだアップしてからそう時間は経ってないはずなのに、そこには『82万回再生』というとんでもない文字が表示されている。

「なんか思ったよりも……取材って大事なのかも」

花音ちゃんがぼそりと言う。

みー子さんの人生を取材させてもらって見えてきた楽曲の方向性。いままで書くべきものが見つからず、苦しんでいた花音《かの》ちゃんだったけど、あの馬場静江《ばばしずえ》としてのライブを見て書くべきテーマを摑《つか》んでからは水を得た魚という感じで、あっという間に歌詞を書き上げてみせたのだ。

進むべき道が見えれば突き進むだけ、っていうのがなんだか花音ちゃんっぽい。

「投稿して数日でこれだから……これ私たちの動画で一番のヒットになりそうだぞ」

キウイちゃんが不服そうに言うけど、めいちゃんは素直にご機嫌だ。

「反響すごかったですね！」

めいちゃんの声に合わせて、キウイちゃんが画面をスクロールした。

そこには私たちが完成させたみー子さんのための自信作『サーティワン・ロリポップ』についたコメントが表示されている。

『三十歳超えても「かわいい」を諦《あきら》めなくていいんだって思えて、心が軽くなりました！』

『育児と焼き鳥屋さんとアイドルと豆苗《とうみょう》をぜんぶ両立してすごい』

『私も今年で三十七歳になるけど……久しぶりにフリル付きのワンピース、着てみようかな』

「ま、刺さるところにしっかり刺さったって感じだな」

キウイちゃんが得意げに言う。

なにせこの動画がバズったのには、キウイちゃんが作った『当初の依頼とは予定を変えたMV』が大きく寄与しているのだ。

「にしてもこれ、やり方がえげつないよね……」

私は言いながら、再生されている動画を見る。

私たちが、歌詞を書くために密着して撮影していた資料映像。裏の顔だから門外不出という前提で撮っていたあの素材たちをふんだんに使って、『三十一歳・アイドルのリアル』をテーマに、キウイちゃんがMVを作ったのだ。

もちろんそれはみー子さんにきちんと許可を取っていて――というよりもあのライブ以降なんかもう開き直って『馬場静江』として活動していくことに決めたみー子さんから、その門出となる曲を作ってほしい、と依頼を変更されたのだ。

『サーティワン・ロリポップ』。

アイドルとして輝いている姿だけでなく、豆苗を育てたり、亜璃恵瑠《ありえる》ちゃんに料理を作ったり、なんならSNSで嘘《うそ》をつくみー子さんまで映していて、しかしそれをカワイイものとして表現した、渾身《こんしん》のMV――というかここまで行くとMVってよりも、ドキュメンタリーって感じがしてくるね。結構攻めた方向性なんだけど、事務所的にもともとクビの予定だったし、飛び道具としてありという話になったらしい。

コメント欄をさらに漁《あさ》ると、MVに対してのコメントはこんなものが並ぶ。

『密着形式でアイドルの真実を見せるMV、新しすぎて草』

『おい、ジム行ってなかったのかよ』

『徒歩（時速80㎞）』

私は思わず苦笑するけど、キウイちゃんはふふん、と笑っている。

「静江《しずえ》さんの希望通りだぞ？　ネット民は裏側を見せるみたいなの大好きだからな。バズったバズった♪」

「キウイちゃんが楽しそうでなによりです……」

鼻歌交じりのキウイちゃんを苦笑しながら見る。なんか今までのどのMVを作るときよりも楽しそうにしてたんだよな。まあもともとネットのアングラなノリが好きだったから、ここに来てむしろ本領発揮、ってところなのかもしれない。

ともあれこの曲のバズによって事務所から出されていた条件をクリアしたみー子さんは、無事アイドルを続けていけることになったのだ。JELEE《ジエリー》初の楽曲プロデュースとしては大成功だろう。

「えーと、年末にアップした『渋谷《しぶや》アクアリウム』がいま？」

私が聞くと、花音《かのん》ちゃんが祈るように言う。

「九六万再生！　頼む！　私たち初の一〇〇万再生はこっちであってくれー！」

それには心の底から同意だったけど、けどまあ、JELEEもそろそろ初めての一〇〇万再生が見えてくるって、なかなか大きなグループになってきたものだ。

「この勢いだとババロリポップのほうになりそうだけどな」

「やめて！　コメ欄で言われてる謎《なぞ》名称を公式採用しないで！」

キウイちゃんの軽口に、花音ちゃんが困惑する。キウイちゃんは本当にインターネットに生きているね。

「けど……どっちになってもめでたいです！」

「私、たまにめいちゃんのポジティブさが羨《うらや》ましいよ……」

めいちゃんが真《ま》っ直《す》ぐ言うので、私はまた思わずツッコんでしまった。

「ともあれさ。これで私たちも、フォロワー一〇万人に、また少し近づいたってわけだ」

キウイちゃんの言葉に、私はにっと笑う。

現在のフォロワー数が五万人。最初は子どもっぽい夢物語としか思えていなかった数字も、少しずつ現実味を帯びてきている。

「……そうだねっ。一〇万人！」

なにか考え事でもしていたのだろうか、花音ちゃんははっと気がついたように言いながら、取り繕うようにぐっと親指を立てる。

なんだか少し違和感を覚えたけれど、まあきっと花音《かの》ちゃんも疲れることだってあるだろう。母親のこととかもちょっとだけ教えてもらっちゃったし、もう出会ったころみたいにただ真《ま》っ直《す》ぐなだけの女の子とは、私は思っていない。

だから私は、花音ちゃんを引っ張るようにして。

「馬場静江《ばばしずえ》さんになったみー子さんに、追いつかれないようにしないとね。ほら」

ぐいっと見せた私のスマホにはみー子さんのXアカウントが表示されていて、茶色くてかわいくない食べ物の写真と一緒に、『今日のランチは亜璃恵瑠《ありえる》と焼き鳥丼《どん》！　大盛りです！』という文章が投稿されていて、これまでの十倍くらいのいいねを集めていた。

「あははっ！　これいいね！」

花音ちゃんも愉快そうに笑う。

その写真をスワイプすると流れてくる、亜璃恵瑠ちゃんと写っているみー子さんの笑顔。

それは私の目から見ても——銀河一かわいく孵化《ふか》していた。

7 夜明け

四月のとある一日。

私は花音ちゃん、めいちゃんの三人で宮下《みやした》パークにいた。キウイちゃんは今日はリモートだ。

「……三者面談？」

花音ちゃんがきょとんと言う。

「うん。もう三年生になったからね。どうしよ～」

私が項垂《うなだ》れると、めいちゃんもうんうんと頷《うなず》いた。

「私も今週あるんですよ……不安です……」

「は～～～っ！　ついにＪＫブランド消失か～！」

私が絶望しながら言うと、キウイちゃんが誰よりも早く『いや心配そっちかよ』とツッコんでくれる。さすがは人気配信者。

「だって人生で三年しかない特別な期間だよ!?　意識はしてなかったけど、知らない間に恩恵を受けていたに違いない……」

ぶつくさと文句を言う私を、花音《かの》ちゃんはなぜかちょっとそわそわしたみたいな表情で、じっと見つめている。

「進路のほうは決めてるの？」

「えー？　まあ……なるようにしかならないし、普通に進学かなーって」

「そっか……まあそうだよね」

なにか考え事をしているのだろうか。花音ちゃんはややぼーっとした様子で、というかここ最近の花音ちゃんってこんなことが多い気がした。

「ていうかこういう進路調査って、形だけみたいなとこない？」

「ま、まあそうかもだけど……」

私がなんでもない雑談をしながら花音ちゃんの表情をじっと観察していると、花音ちゃんは焦ったように視線をパソコンのほうへ向けた。

「キ、キウイはなにか決まってるの？」

ふーむ、これはひょっとすると、自分の進路が決まっていないことに焦っているということだろうか――

『私か？　私は早稲田《わせだ》の教育学部に行こうと思ってるぞ』

――なんてことを考えていたら、キウイちゃんがさらっとそんなことを言った。

「え!?　なにそれ聞いてない！」

『言ってないからな』

私が不服を表明すると、キウイちゃんはさらっと私の言葉を流した。

「どゆこと、なんで教育学部？」

『まあ、学校の先生になりたくて』

「ええっ!?」

待って待って、いやまあたしかにそれを私に言う義務なんてないわけだけど、それにしたってびっくりだ。そもそもキウイちゃんっていま学校行ってないんだよね？

「キウイさんの先生、素敵です！　私、キウイさんの学校に通いたいです！」

めいちゃんが両手を合わせてパソコンをキラキラした目で見つめている。なんかＤＴＭを習って以降、めいちゃんのキウイちゃんへの信頼がすごいんだよな。

「ちょっと、いつの間にそんなこと決めてたの？」

逃してたまるものかと私が食いつくと、キウイちゃんはやれやれって感じで、

『いつの間にって言われても……。私には考える時間がたっぷりあるからな』

と、そこで花音ちゃんが横から言葉を挟む。

「けどさ、高校は卒業できるの？」

たしかにそうなのだ。さすがは不登校のＪＫ仲間、ドストレートで質問をぶつけてくれた。

『や、出席足りないだろうから、高認試験は出願済み。八月に試験本番だけど、過去問解いてみた感覚、合格率は低く見積もって九割ってとこですねぇ』

ぺらぺらと湧《わ》き出てくる言葉に、私は戦《おのの》いた。

「死角がなさすぎる……」

『で、大学はちょっと遠くなりそうだから、バイクの免許合宿行こうと思っててさ』

「バイク!?」

私はまた声をあげてしまう。どうしよう、キウイちゃんがどんどん私の知っているキウイちゃんじゃなくなっていってしまう。

私の横で花音《かの》ちゃんも漠然と焦っている様子だ。

「……キウイって、そこまで具体的に考えてたんだ」

『そーだな』

キウイちゃんはしれっと言う。

『私はみんなと違う道を歩こうとしてるからな。その分、しっかり考えないと人生詰むだろ?』

「じ、人生……詰む……」

途切れ途切れになる声。どうやら言葉がずしんと重くのしかかったようだ。

けど考えてみたらたしかに、花音ちゃんって学校に行かず作詞と歌とバイトで生きていて、まあ今後JELEE《ジエリー》がどうなるかはわからないけど、もし大学卒業後にみんなが就職するってなるんだとしたら、花音ちゃんってどうなるんだろう。

「めいは……？」

花音ちゃんは、最後の砦《とりで》に縋《すが》るように尋ねる。なんかめいちゃんだけは進路を決めていないでくれ、みたいな後ろ向きな怨念《おんねん》を感じる。

「私も……進学です。私は附属校なので、もともと決まってるって感じですけど……」

「そっか、そりゃそうだよね……」

がっくりとしてしまった花音ちゃんを見て、めいちゃんはわたわたと焦りはじめた。

「け、けどほら！　JELEEのフォロワーを一〇万人にするって言う立派な目標が！」

すごくフォローするみたいに言うめいちゃんはなんだか珍しくて、私はくすりと笑ってしまった。

「そっか！　たしかにそうだね！　それが私の進路っ！　……私の、しんろ……」

言いながらも花音ちゃんの語尾は徐々に小さくなっていって――やがて。

「……あのさ、キウイ！」

『うん？』

またも焦ったように、こんなことを言いだした。

「私も、免許合宿付き合っていい!?」

＊＊＊

それから一週間後。

私は夕方の宮下《みやした》公園に、珍しくめいちゃんと二人で来ていた。学校終わりにお互いが制服を着たまま、宮下パークで買ったなにやら流行っているらしいアイスを持って、柵の前にずらっと伸びるポールみたいなところに腰掛けている。

「うう……ののたんがキウイさんと二人でお泊まり……胸が苦しい……」

「そんなに心配しなくていいのに……」

そして、この二人でここにいる理由は簡単。

花音《かの》ちゃんとキウイちゃんが合宿に行った初日。一日と持たずにめいちゃんが『一人だと心細くて、腸《はらわた》が千切れそうです』と独特すぎる連絡をしてきたので、心配した私がここに連れ出したのだ。

「だ、だって……！」

めいちゃんはわなわなと唇を震わせて、もはや彼氏を同窓会に見送った心配性の彼女って感じだ。

私はそんなめいちゃんを見て、つい微笑《ほほえ》む。この子は変わって見えるけれど、ただ好きって気持ちに真《ま》っ直《す》ぐなだけなんだよね。

なんだかそんな姿が愛《いと》おしく思えてきて、私はめいちゃんの頭をぽんぽんしてあげた。

「一人でいると不安になるよね。大丈夫、大丈夫」

「……ぁ」

めいちゃんは驚きつつも小さく息を吐いて、小動物みたいに私の顔を見上げた。さっきまでの不安そうな表情が少しずつ薄れて、ちょっとは安心してくれたみたいだ。

「……まひるさんって」

「うん？」

めいちゃんはぽわーっと少女みたいに私を見つめると、やがてニコッと笑った。

「……お母さんみたいですね？」

「私まだギリギリJK！」

私がツッコミを入れると、めいちゃんはピンと来ていない、みたいな感じで首を傾《かし》げた。めいちゃんとのコミュニケーションはいつも少しだけ難しい。

私たちは徐々に暮れてきた陽を見つめながら、ゆっくりと話をしている。

「……ね、めいちゃんってさ。プロのピアニストを目指そうと思ってるの？」

進路調査。三者面談。

そんなイベントがすぐ近くに迫っているからか、話題は自然と将来の話になっていた。

「……はい。そのつもりです」

少し間を空けながらもはっきりと答えためいちゃんに、私は少し驚く。

「おお……断言」

めいちゃんも私の隣で、フェンス越しに見える空を見上げる。

「……少し前は、どうしてピアノを続けてるんだろうって、迷ったこともあったんですけど……」

めいちゃんはポケットからスマートフォンを取り出して、画面をつける。ロック画面には、めいちゃんがJELEE《ジエリー》に加入したときに撮った写真が表示されていた。

「――弾く理由を、もらえたので」

私はすんなりと、その言葉の意味を理解することができた。

「うん。……そうだね」

だってたぶん、それは私と同じことだから。

「あの……まひるさんは」

「うん?」

「まひるさんは将来、プロのイラストレーターになるんですか?」

めいちゃんが自分から花音《かの》ちゃん以外の誰かのことについて尋ねるなんて珍しいような気がした。心境の変化なのかそれとも、少しは信用してもらえているのだろうか。

ともあれ、だとしたら――私もちゃんと答えたいな、と思った。

「……正直、まだそこまで決心したわけじゃないんだ」

壁画を自分で馬鹿《ばか》にしてしまったトラウマを思い出す。

「私ずっと、絵を描くのが苦しくて。けど――」

花音ちゃんと出会ってJELEEになることができて。

私を海月《うみつき》ヨルにしてくれて。

「最近は段々、楽しくなってきて」

「楽しく……」ぼそりと、言葉を繰り返した。「それ……わかるかもしれないです」

言葉には、たぶん嘘《うそ》じゃない実感がある。

「あはは、だよね。たぶん、おんなじ誰かさんのおかげ」

「……ですね。私たちを引っ張ってくれる、大切な人です」

それが誰のことを指しているのか。決まっている。

いつもキラキラ輝いてみせて、無茶ばっかり言って――

「とにかく突っ走ってくれる人がいると、助かるんだよね」

そして先頭を勢いよく突っ走ってくれる、私たちのリーダーだ。

わたしは、突っ走っていた。

「うわおおおおぉっ!?」

バイクにまたがって、慣れないアクセルをぎゅっと握って。

地面からやや盛り上がった、タイヤよりやや太いくらいの長い一本道を、ぐんぐん進んでいく。

勢いよく渡りきると、わたしはズササーとブレーキをかけて——勢いが落ちたところでこてんと転んでしまった。

「はーい。一本橋は七秒以上かけて渡るように～」

わたしがいま挑戦しているのは最終的に実技試験で行われる一本橋という種目の練習で、ゆっくりとしたスピードで細い道を渡る力が試される、実技科目だ。

「おーい、大丈夫かー?」

「だ、大丈夫ー!」

わたしの次の番のキウイが、一本橋の向こう側から心配して声をかけてくれた。

こちら側からぶんぶん大きく手を振ると、キウイは安心したように頷《うなず》く。

「じゃあ、次の人ー」

促されたキウイは「はーい」とか気が抜けた返事をしている。

そして、バイクにまたがると——

キウイはゆるゆると上手に一本橋を渡りきって、余裕ですよって感じでわたしの近くまで寄って、バイクを止めた。

「できた」

「慣れるの早くない!?」

なにこの格差！　わたし納得いきません。

「はっはっは。私はもとから器用だからな」

「不公平だ……。私もスポーツは苦手じゃないはずなんだけどなあ」

ぐぬぬとなりながら言うと、キウイは得意げに指をちっちっちと振った。

「花音《かの》はアクセル回しすぎなんだよ」

「まあ……」

たしかにわたしは一本橋を渡ることはできたんだけど、スピードが速すぎることが問題だった。なら緩めればいい、ってのはわかるんだけど……。

「だってー！　スピード出さないと倒れちゃいそうで怖いんだもん！」

「だからって爆走するのも怖いだろ」

「走ってれば転ばない！　むしろ止まるのが怖い！　止まると死ぬ！」

わたしが親指をぐっと立てながら答えると、キウイははあ、とため息をついた。

「普通逆なんだけどな……」

呆《あき》れられてしまったけれど、怖いんだからしょうがない。ゆっくり進むのはわたしに合わないのだ。しかし教官はそんなことわかってくれなくて、

「はーい、きみ、もう一回！」

「えー！」

「じゃ、花音《かの》お先」

居残りを食らうわたしを、キウイはサクサクと置いていってしまうのだった。


俺は教習所の寮の階段を上がり、教習コースを見渡せる、柵のついたスペースから花音のことを見ている。

「うわおおぉぉぉおおぉぉ!?」

叫び声に、くすっと笑う。

ゆっくり走れば走るほど不安定になっていく花音は、どうやら一本橋に向いてないみたいだな。

俺はくるりと振り返ってすぐ近くにあった自販機に向かうと、そこにドクターペッパーがあるのが目に入った。

「……お？　いいセンスしてるじゃん」

自販機にあることは珍しいから、見つけるとつい買っちゃうんだよな。

購入し、冷えた缶のタブを開けると、喉《のど》に流し込む。サクランボと杏仁豆腐《あんにんどうふ》と薬品の中間みたいな匂《にお》いと甘ったるさ、そしてなによりこの存在から漂うギーク感が俺は好きだった。

柵に腕をかけながら、下でまだ一本橋の練習を続けている花音を見る。ちょっとずつ上手《うま》くなってる気はするけど、あの調子だと先が思いやられるな。

「――友達、一本橋苦手みたいだね」

不意に馴《な》れ馴《な》れしい声が、俺の耳に届いた。低く煙ったい雰囲気の、ミステリアスな声だ。

俺に友達なんていないから話しかけられたのは俺じゃないだろう、と思ったけれど、近くには俺以外誰もいないはずでもあった。

眉《まゆ》をひそめてしまいながらも振り返ると、そこには露出の多い服を着た謎《なぞ》の女が、タバコ片手に立っていた。黒と紫を基調にした奇抜なデザインの洋服を着て、アシンメトリーにカットされたベリーショートの黒髪にはところどころ紫色のメッシュが入っている。つり目の視線は鋭く、なにやらシーシャバーとかで働いてそうな雰囲気が漂っていて、正直この空間からは浮いている。まあ、俺が言えた話じゃないけど。

「火、持ってる？」

謎《なぞ》の女はタバコをくわえて、当然みたいに言う。

……なんだこいつは。

「持ってないっすね。私吸わないんで」

「そ？　似合いそうなのに。吸った方が需要あるよ」

なんかすごい長年の友です、みたいな感じで距離を詰めてくるな。

にしても需要、ねえ。

言いたいことはわからなくもない気がした。

「それ、一部の層からカルト的な、じゃないっすかね」

なにせ派手髪低身長引きこもり女子高生がタバコを吸っていたら、なにやらネットでは一定の需要がありそうだからな。エモいとか言われるサブカル絵師が、私みたいな女をたくさん描いていそうだ。

すると謎の女はちょっと目を丸くして、くすりと笑った。そしてタバコをしまって歩み寄り、俺の隣に歩いてくる。

「……吸わないんすか？」

「んー。なんか、タバコ吸うより面白そうな子見つけたから」

「……そーですか」

見ると、耳には数え切れないくらいのピアスがついている。体型はめちゃくちゃ痩《や》せていて肌は病的に白い。タイトな服を着こなしていて、そこだけ大きく突き出した胸がハッキリと目立っている。儚《はかな》いながらも尖《とが》った雰囲気で、なんというか——たぶん、自分と近い人種のような気はした。

といっても気が合いそうとか、友達になれそうとかそういうことではない。

単純に——社会からドロップアウトした人間の匂《にお》いだ。

「……」

俺が観察するように見ていると、謎の女のほうも俺のことをじっと見返してくる。

「……なんすか」

その視線はやがて、やや下にいく。

「……何カップ?」

「じゃあ、私はこれで」

「ああ、ごめんごめん!」

言い訳を聞かずに歩いていく俺の後ろを、謎の女がついてきた。

＊＊＊

「え⁉　そこも通ってるの⁉」

「まあ有名どころですし……」

教習所の食堂。夕食を食べている俺の前に謎《なぞ》の女が座っていて、ドリンクだけを飲んでいる。

「私的には原点の〝不意空〟よりも、〝つま日々〟のほうが洗練されてて好きっすけど……」

「その気持ちもわかる！　ってことはさ、〝摩耶《まや》の唄《うた》〟とかも通ってる？」

そして——話題はなぜか、古《いにしえ》のノベルゲームについてになっていた。

「そうっすね。けどあれ、電波系の系譜って言われてますけど、話はそこら辺のアニメよりずっと王道じゃないですか？」

もぐもぐとナチョスを食べながら、冷静に語る。

けどこんな話題についてこれる相手にこんなところで出会うとは思ってなかったから、なんかいつもよりも饒舌《じょうぜつ》になってしまっている気がする。

「えーあれ王道かなあ。ひょっとしてキミ、逆張りオタク？」

「順張りの素直な感想です」

俺が片眉《かたまゆ》を上げながら言うと、

「なるほどなるほど。ってことはキミ、根が捻《ひね》くれてるんだ。さては友達少ないでしょ？」

ったく。俺はそんな言葉、ネットで聞き飽きてるんだよ。

「中途半端な友達で、人間関係が薄まってないだけです」

するると名も知らない女はちょっと面食らって、やがてぷふっと吹き出す。

「あははっ！　私、やっぱりキミ好きだわ！　ね、名前はなんて——」

と、言いかけたとき。

そこに、花音《かの》がやってきた。

「キウイー！　結局一回も一本橋渡れなかったんだけど～」

「おお、おかえり」

俺がしれっと対応すると、花音は俺が食べているものを見て「おおっ！」と目を輝かせた。

「それ美味《おい》しそう！　注文口あっちだっけ？」

「だな、あっち」

「ありがとーっ！」

俺が指差すと、花音はご機嫌にそそくさと注文口へ向かった。

「……キウイって言うんだ？」

「あ、そうっす。えーっと」

俺が名前を聞き返そうとすると。

「——小春《こはる》」

「え？」

にっと静かに微笑《ほほえ》んで、謎《なぞ》の女は俺を見据えるように言った。

「私の名前。──小春《こはる》」

＊＊＊

その後合流した花音《かの》と三人でご飯を食べることになり、数時間後。

俺と花音は寝間着になって、相部屋の二段ベッドの上下に寝そべっている。俺が下で花音が上だ。ちなみに花音はあのあとあっという間に小春さんと仲良くなっていて、なんというか花音って、やっぱり、こういうときは陽《よう》の人間だよな。

俺と花音は寮みたいな施設に泊まることになっていて、最低限のテーブルと二段ベッドだけが置いてある狭い部屋で明日に備えている。

「はーっ！　疲れた！」

「おい、揺れるな」

花音が布団の上でジタバタしている。こういう古いベッドでそれやると、上から粉とかゴミとか、下手したら花音が落ちてきそうだからやめてほしい。俺が上に行くべきだったか。

「結構筋肉使うよな。引きこもりにはつらいつらい」

「私も……一本橋、結局一回も渡れずじまいだったよ。スラロームもクランクもすぐできたのになあ」

実技講習でいくつもある科目のうち、どうしてか一本橋だけができないらしい。一体花音にはなにが足りてないんだろうか。

「ま、そう凹むなって。たぶん花音には、一本橋の才能がないだけだから」

「励ましになってないよ!?」

俺が軽口を言うと、花音は涙目でツッコんだ。まったく明るいヤツだな。

＊＊＊

電気が消えた部屋。

互いが自分の時間を過ごして、一時間ほど経っただろうか。

「……キウイ、起きてる？」

不意に、花音の声が俺を呼んだ。

「……ニートってのは夜行性だからな」

「いちいち捻《ひね》くれたこと言わないの」

くすっと、花音が苦笑する声が聞こえた。

「……あのさ。キウイってなんで、学校の先生になろうと思ったの？」

「……急だな？」

「まあね」

ぽつり、と落とすような声。

けどたしかに花音《かの》って、最近ちょっと迷い気味だったもんな。歌詞が書けないって言いだしてみたり、みんなの進路を気にしてみたり。まあ、こいつはこいつなりになにか思うところがあるんだろう。

なにせこいつも——学校に行くことをやめて、社会からドロップアウトした人間なんだ。

「あ、言いたくなかったら——」

「私さ、学校行ってないだろ？」

花音の遠慮の言葉を遮って、俺は言う。

「……捻《ひね》くれとかじゃなく、事実として」

皮肉を込めて言うと、花音はどこか乾いた声で笑った。

「あはは、そうだね」花音はどこか心を開くように。「……私もだ」

夜は人をそうさせるのだろうか、それともただ、ドロップアウトした仲間意識みたいなものが芽生えているのだろうか。俺はまあ、花音になら話してみてもいいか、みたいな気持ちになっていた。いや、ひょっとするともともと、誰かに話したかったのかもしれない。

なにせこういう話は、ノクスでは言うことができないからな。

「ま、昔話だけどさ……中学の頃、私が段々馴染《なじ》めなくなってきたとき、担任の先生と話すことになって――」

それは黒い記憶ともカラフルな記憶ともつかない、単に現実的な記憶。

けれど俺はその瞬間に突きつけられた身も蓋《ふた》もなさ、どうしようもなさ、みたいなものを、きっといまでも引きずっている。

まひると違う中学に行って。デビューに失敗したことに気づきながらも、俺は繰り返し子どもっぽいことばかりを言うことがやめられなくて、けれどそれがクラスの女子たちから疎まれていって。

きっとこのままじゃだめなんだってことだけはわかっていたけれど、自分はなにかを演じているわけでも周りに合わせているわけでもなく、ただ自分を素直に表現していただけだったから――どうすればいいのか、わからなかった。

それが心の底から本当に、ありのままの自分だったから。

夕方の教室。担任の先生に呼び出された俺は、クラスの女子がからかって俺から奪っていった厨二ノートを見せられていた。

「あ……それ」

見つかって、奪われて、賞賛されるどころか馬鹿《ばか》にされて。

だけどそこに書かれた俺が考えたいくつもの『設定』たちは、本当に大切な俺のまんなかの部分だったから、俺はそれを絶対に取り返したいと思っていた。

「あ、ありがとうございます——」

と、俺が言いかけたとき。

どうしてか担任は、ノートを見ながらため息をついた。

『あのな渡瀬《わたせ》、気持ちはわかるがな』

その視線はまるで、俺を異物として疎外するようなもので。

俺はその錐《きり》のように尖《とが》った言葉を突きつけられてから、呼吸することが難しくなったのだ。


『——こういうのは普通、小学校で卒業するんだぞ?』


花音《かの》は俺の話を、ただ黙って聞いていた。

「もちろん先生には、悪意があったわけじゃないと思うよ。けどそのとき、そっか、私って『普通』じゃないんだ、って思って」

ぼろぼろと零《こぼ》れはじめた言葉は、きっと俺が最初に話そうと思っていた範囲を超えて、俺の内面を語っていた。

「……そしたら急に学校が、……全部が、怖くなって」

「……そっか」

やっぱり夜っていうのは、非日常っていうのは怖い。

こんなこと誰にも話さないまま一人で抱えて死んでいったほうが、ミステリアスでかっこいいヒーローであるに決まってるのに。

だから俺はバランスを取るみたいに、竜ケ崎《りゅうがさき》ノクスの仮面をかぶる。

「ま、いまだったら言えるよ。普通ってなんだよ！　そんなの大人が勝手に決めたルールだろうが！　ってパンクバンドみたいにさ」

「あはは。言いそう言いそう」

作った声色、暗闇《くらやみ》で見えないのに決めてみせたポーズ。

俺はこうして自分を偽りながら、けど、だからこそ好きな自分として、この世界を生き残ってきている。

そんな自分が――先生を目指す理由。

「……で、思ったわけ。だったら私くらい、一人ぼっちの生徒の味方になってもいいのかな～、なんて」

「っ！」

花音がはっと、息を呑《の》む音が聞こえた。

「あーいやごめん。かっこつけすぎたな」

自嘲《じちょう》するように笑う。

ヒーローぶるよりも自分の内面を話すことのほうが恥ずかしく感じるなんて、なんて矛盾だろうか。だけどそんな『矛盾』みたいなものが、俺のような人間は大好物なのだ。

「それよりたぶん、救った気分になりたいだけなんだよ。……あのとき世界に立ち向かえなかった、弱い私をさ」

「……そっか」

花音《かの》はゆっくりと、俺を包むみたいに言った。

「うん。……わかる」

理解したように返される言葉。

これを言ってきたのがそこら辺のよくわからない女とかだったら、お前なんかにわかってたまるか、なんて烈火のごとくキレそうになっていただろうけど。

花音相手なら自然と、受け入れられている自分がいた。

というよりも——俺もまだ、詳しくは知らないけれど。

暴行、炎上、引退。

きっとこいつは俺と同じかそれ以上の黒い記憶を背負ったまま、それを振り切るために、ここで戦っている。

やがて花音はドタドタと、二段ベッドの上からはしごを伝って降りてきた。

「ど、どうした？」

「キウイ！」

「な、なんだよ」

花音は暗いなかでもわかるくらいにすごい涙目で、俺の肩に両手を置いて、大真面目な表情で俺を見つめた。

「キウイはもう、一人ぼっちじゃない!!」

涙声で言い切ると、花音は俺を必死に真《ま》っ直《す》ぐ見つめつづけた。

まったく、こうも真っ直ぐ言われると、人をまず疑ってかかる俺でも、疑う余地がなくなっちゃうんだよな。俺がせっかく斜めからものを見てるのに、そこに斜めから入ってきて正面に目を合わせてくるんだから、たまったもんじゃない。

「……あっそ」

「あれ!?　塩対応!?」

ちょっと困らせるようなことを言うと全力で良い反応をしてくれる花音に、俺の頰《ほお》がふっと緩むのを感じた。

だから、……ありがとな、なんてことを、声にするかしないかくらいの大きさでつぶやく。

「え？」

「いーや、なんでもない」

もちろん聞こえさせるつもりのない言葉は花音《かの》には届かなくて、だけどまあ俺にとってはそのくらいが丁度よかった。

俺はただ、自分に正直にいたいだけなのだ。

「それより花音はなんでなんだよ。フォロワー一〇万人を目指してる理由」

俺は世間話の流れついでに、実際に気になっていたことを聞いてみることにした。

「えー、私の話?」

「そりゃそうだろ、順番的に」

見返すためとか、それが仕返しだとか、そんなことをまひるからは聞いている。けど、ただそれだけが理由の全部、というわけではないような気がしたのだ。

「まあそっか。私は……私は」

花音は考えたあとで――どうしてだろうか、自嘲《じちょう》的に笑って。


「――なんで、だろうね」


その言葉はベッドと小さなテーブル以外は空っぽな部屋に共鳴するように、寂しく響く。

どこかそれ以上聞かれることを恐れているような響きを持った言葉に、俺はその先を追及することができず、

「……そっか」

頷《うなず》くと、再び互いが自分の世界に戻った。

＊＊＊

早朝。

上のベッドで花音が寝ているなか、俺はゴソゴソと身支度をしていた。

俺が袖《そで》を通しているのは——もう二年も行っていない、俺が嫌いな学校の制服だ。

「ん……」

「ああ、ごめん起こした？」

物音で起こしてしまったのか、花音はベッドから頭だけを出してこちらを見ている。花音は俺の全身を見て、きょとんと首を傾《かし》げた。

「……制服……なんで……？」

「あー……ちょっと野暮用がさ」

「野暮用ー……？」

なんと説明するべきか迷ったけど、

「えーと、外出たついでだからさ、高認試験に必要な書類を取りに——」

言いながら見ると、花音《かの》は爆睡していた。

「……はあ」

俺はため息をつきながらも、全部を説明せずに済んだことに、どこか安心していた。

それに、俺は自分がこの姿をしているところを、なるべく人に見られたくない。

いや、それどころかきっと俺は、この姿を自分でも見たくないのだ。

ため息をつきながら俺は、鏡の前で未開封の袋を開ける。

そこに入っているのは、髪の毛をまとめるためのネットと――黒髪のウィッグ。

俺が普通に屈服する、敗北のアクセサリーだ。

＊＊＊

「失礼しましたー」

「それじゃあ渡瀬《わたせ》、元気でなー」

喋《しゃべ》ったことすらない、一応俺の担任ということになっているらしい先生から見送られて、俺は職員室を出る。もらった書類を持ち、俯《うつむ》き気味に早足で廊下を歩いていった。

着たくない制服を着て、つけたくないウィッグを被《かぶ》って、行きたくない場所に来て。

社会から逃げて、自分の好きで自分の周りを固めていた俺からしたら、ただここにいるというだけで心が締めつけられた。

「っ！」

そのとき。

丁度休み時間になったのだろうか、廊下を歩く女子生徒二人とすれ違った。しかもその二人には見覚えがあった。俺が中学一年のころ、同じクラスだった二人だ。昔から人の顔と名前を覚えるのが得意で、そんな記憶力も自分の才能だと思っていたけれど、それがこうして自分を苦しめることになるとは皮肉なものだ。

俺の体は、ぎゅっとすくんでしまう。

脂汗が浮く。二人とすれ違う。

意味なんてないのに息を止めて、どうかなにも起こらずに過ぎ去りますようにと祈って。

「あれ？　今のって……」

けれど、やっぱりここは現実なのだ。二人はぼそぼそと陰口のように言う。

「なんだっけ。……あ、渡瀬じゃね？」

自己紹介でドン滑りした挙げ句に自分オリジナル設定のノートやアメコミのフィギュアを毎日見せびらかすなんて奇行を繰り返していた生徒の顔は、どうやら頭に深く刻まれていたようで、俺はあっさりと記憶のなかから見つかってしまう。

「……職員室から来たよな？　ひょっとして学校やめるんかな？」

「マジ？　もったいな。将来どうすんだろ？　普通に詰みじゃん」

そうして向けられる言葉は密談にしては大きな声で、まるで俺に聞こえてしまってもどうとも思わないくらいに、俺のことを軽視していることが伝わってきて。

唇を噛《か》む。悔しさからぎゅっと、拳《こぶし》を握った。

俺の頭に浮かんでいたのは、昨日の夜、俺が花音《かの》に語ったことだった。

『ま、いまだったら言えるよ。普通ってなんだよ！

そんなの大人が勝手に決めたルールだろうが！　ってパンクバンドみたいにさ』

そうだ。

俺が自分で言ったことじゃないか。

ばっと振り返る。息を吸い込んで、二人の後ろ姿を睨《にら》みつける。

「……っ」

けれど。俺はそれを口にすることができなかった。

漠然とした恐怖に、じっとりと汗だけをかき、身が縮んでしまう。

「え～それは油断しすぎじゃない？」

「うん、まじでやばい、絶対赤点」

そしてもうとっくに渡瀬《わたせ》キウイという存在から興味をなくした二人が、普通の話題で盛り上がりながら廊下の角を曲がっていくのを、俺はなにもできずに見ていた。

「……はーあ」

結局そのまま、校門まで来てしまった。

俺は校舎を振り返って、額にかいた汗が冷えていくのを感じながら、建物越しに眩《まぶ》しく光る太陽を見上げる。手をかざして影を作って目を細めながらも俺は、昼夜逆転の引きこもりには見慣れないその輝きを、漠然と見ていた。

「やっぱ世界、……むずいなあ」

＊＊＊

学校から帰ってきて数時間後。

「で、何カップなの?」

「私も気になってた!」

小春《こはる》さんと花音が結託して、俺にぐいっと踏み込んでくる。教習コースの脇《わき》にある屋根付きの休憩スペースに集まった俺たち三人は、すっかり近くなってしまった距離感で会話していた。

「敵が増えた……」

俺はため息をつくと、二人に矛盾を突きつけるように、

「ていうか、人に質問するならまず自分からだろ！」

「私はCだよ！」

「やめろ言うな、逃げ道なくなるから」

あっさりと言う花音《かの》に、俺はツッコミを入れた。

「私はね。元Bの、今がFだよ」

「……元!?」

小春《こはる》さんの思わぬ言葉に、俺はつい食いついてしまった。

「入ってる……ってことですか……!?」

花音が言うと、小春さんは得意げに頷《うなず》く。

「そういうこと。ていうかね――」

小春さんは、自分の顔のパーツを順番に指していきながら。

「ここもぜーんぶ、作り物だよ」

「「ええっ!?」」

なんだそれは。さすがに興味が湧《わ》いてきた。

「ここは埋没二点止めと目頭切開でしょ？　ここは鼻中隔延長と鼻尖《びせん》形成で、こことここには定期的にヒアル入れてる」

目、鼻、額と顎《あご》を順番に指しながら、小春さんは聞いたことのない言葉を次々と並べた。

「な、なんかすごい……！」

花音は興味津々に小春さんの顔を見つめている。

「それ、で――」

小春さんはもったいぶるように言うと、顔を指していた指をゆっくりと移動させて、その先を自分の胸に向ける。

「ここには、一〇〇万円が入ってます」

「一〇〇万……!?」

俺が驚きの声をあげている横で、花音が身を乗り出している。

「小春さん、今宵《こよい》はぜひ一緒にお風呂《ふろ》を……！」

「全然いいよ、っていうかむしろ、今ここで見せようか？」

「本当ですか!?」

なんかとんでもない方向に話が進んでいる。なんだこの二人は。

さっきまで俺が戦っていた、学校なんていうまともな空間とは打って変わって、今度は変な人だらけなせいで、俺が置いてけぼりになっている。

「はあ……変な人しかいなかった……」

本当に、変な奴《やつ》らだ。

俺が項垂《うなだ》れながら言うと、花音《かの》はあはは、と愉快そうに笑った。

「いいんだよ、変なくらいで」

そして、そのままにっと笑った。

「……『普通』よりはマシでしょ？」

つい、頬《ほお》が緩んでしまった。

まだこいつの過去のことは、全部知れたわけじゃないけれど。

なんなら出会ってから一年も経っていないような、浅い仲だけど。

インターネットの奥深く以外の場所を居心地よく感じてしまうなんて、俺も焼きが回ったものだな。

「……だなっ」

だから俺もこの同類に、にっと笑顔を返してやった。


私が大晦日《おおみそか》、渋谷《しぶや》の壁画に海月《うみつき》ヨルの名前を彫ってから通いはじめた、絵画教室の一室。

大きなキャンバスと向き合って鉛筆で人物画を描く私の目の前には、めいちゃんがいる。花音ちゃんがいない不安からめいちゃんの腸《はらわた》が千切れないよう一緒にいる代わりに、デッサンのモデルになってもらっているのだ。

「もう少し笑顔になれたりする？」

「こ、こうですか？」

電極をつないで無理やり筋肉を笑顔の形にしました、みたいな引きつった笑顔になって、私は苦笑する。

「あ、ごめん。やっぱりさっきの表情で大丈夫……」

「は、はい！」

めいちゃんは従順に言うことを聞いてくれて、悪い人に騙《だま》されたりしないといいなって心から思う。

「……」

「……」

しばらくデッサンを続ける。しかしあれだな、めいちゃんってすごく真《ま》っ直《す》ぐで人の目とかを気にしないタイプだからなのか、誰かと一緒にいるときに流れる沈黙をなによりも恐れる私が、居心地の悪さを感じていない。これは本当にレアなことだ。

ひょっとすると私はJELEE《ジェリー》で、かけがえのない人間関係を手に入れているのかもしれないな、なんて思ったりした。もしくはめいちゃんが変なだけって可能性もあるけど、その変はきっと、私にとって居心地がいい。

「ね、めいちゃん」

「なんですか？」

こうして話しかけるのも、気まずさを埋めるためじゃなくて、本当に聞きたいことがあったからだ。

「めいちゃんって、学校でピアノ習ってるんだよね？」

「はい、そうですね」

「それってさ……なんて言えばいいのかな。……意味、あった？」

「学校に行った意味……ですか」

このあいだ三者面談の話題が出たからか、私はここ最近ずっと、自分の将来みたいなものについていろいろと考えていた。

まああのときJELEE《ジエリー》のみんなにも話したみたいに、結局のところとりあえず進学、というところに着地するんだろうな、とは思うけど……めいちゃんが学校でピアノを習ってるみたいに、私も絵に関わる学校に進学してみる、という手もあるのかなって思ったりしていて。

「そうですね……」

めいちゃんは、腕を顎《あご》に持っていきながら言う。

「あ、ごめん、動かないで」

「え、は、はい」

めいちゃんは、さっきの姿勢に戻って、改めて喋《しゃべ》りはじめた。理不尽だけどごめんね、デッサン中だからね。

「私って基本的に、周りに興味のない人間じゃないですか」

「うん。花音《かの》ちゃん以外にはね」

私はデッサンを続行しながらさらっと言う。

「……けど、少し違ったんです」

「……違った？」

意外な言葉に、私の手が止まった。

「私、学校ではいつも実技の試験でトップだったんですけど、あるとき二位を取ってしまったことがあって。……そのとき、驚いたんです」

めいちゃんはなにかを思い返すように、自分の細く白い指を見つめた。

「――私、『悔しい』って思ってる、って」

「……へえ」

私の意識は自然とめいちゃんの話に引き込まれていた。

「そのときから私は初めて、本当の意味でピアノに向き合えるようになった気がして。学校で友達は見つからなかったけど……いままでと違う自分は見つけられたのかなって」

言いながらも、めいちゃんは自然ににっこりと笑った。それはなんだか、いままでのめいちゃんのイメージとは違う、柔らかくて自然な笑顔で。

——つまり、それは。

「それ！　その顔キープ！　それ描きたい！」

「え!?　は、はい！」

「電極じゃない笑顔キープで！」

「え？　電極……？」

そうしてまた私たちはデッサンへと戻っていくのだった。


夜。

教習所に備えつけになっている大浴場にわたしとキウイと——そして小春《こはる》さんの三人がいる。

ということは目の前にあるのはそう。

「こ、これが……」

「一〇〇万円……！」

小春さんのなかにある一〇〇万円だ。

「意外とわからないもんでしょ?」

「で、ですね……」

普段はあまり隙《すき》を見せることが少ないキウイも、珍しいものを目の前にして興味津々って感じでおかしい。かくいうわたしもその丸みに完全に目を奪われていて、これが一〇〇万円で手に入るなら意外と……? みたいな気分になってきている。わたしは自分についている控えめなそれを握ったりして比べながら、徐々に悲しくなってきた。

「あはは。見過ぎ見過ぎ」

「いや、そりゃ見ますよ」

小春さんにからかわれるけど、こんなの見るに決まってる。同意を求めるようにキウイのほうを見て、ふと気付く。

……でかい。

キウイって普段はだぼっとした服を着てることが多いからあんまり目立たないんだけど、実はめちゃくちゃ大きいんだよね。というか、いままで脱いだ状態を見たことなかったからちゃんとはわからなかったけど……これは。

思わずじっと見てしまう。なんというかそこには、わたしが想像していた五割増しくらいのサイズのそれがあった。

「……」

わたしはキウイのそれを、無言で凝視する。

え？　これは……キウイのほうが少し大きい？

ちょっと待って、たしか小春《こはる》さんはFと言ってたよね。

ってことはつまり……キウイは——？

「っ!?」

わたしが一人で考えながら頭に電撃を走らせていると、

「なんなら触ってみる？」

「い、いいんですか!?」

小春さんがまたもすごい提案をしてきて、キウイがそれに乗っかっている。

けど、これは黙っていられない。わたしもゴクリ、とキウイと顔を見合わせた。

「では、失礼しますっ！」

言いながら、わたしはキウイと一緒にそれに手を伸ばす。

わたしの手のひらに、柔らかさと——小春さんの体温が広がった。

「こ、小春さん、すごいです……！」

わたしは思わず声を漏らす。

「こ、これが人工物……!?」

キウイはどっちかっていうと好奇心って感じでそれを言いながら、けれどわたしたちは二人して小春さんを揉《も》みしだいている。

「お、おおっ!?」

「なるほど、意外と――！」

「おい花音《かの》、もう少し……！」

「キウイだって――」

そんなふうに夢中になって揉むわたしたちをなぜかうっとりと見ながら、小春さんはこうつぶやいた。

「女子高生二人に……私これ……犯罪にならないよね？」

＊＊＊

それからわたしとキウイは浴場のお風呂《ふろ》に浸かり、小春さんは『ボディをケアする』とか言って、いろんなものを肌に塗りはじめている。大人っていうのはそうらしい。

「にしても花音、金曜に試験だろ？　大丈夫なのか？」

「うーん……」

答えに悩む。

なにせ結局のところわたしはまだ一度も、一本橋をクリアできていない。

「小春《こはる》さん、なにかアドバイスとかないですか?」

わたしが浴槽から身を乗り出して聞くと、

「んー、一本橋の話?　それとも胸の話?」

「一・本・橋・です!」

なんかすっごく馬鹿《ばか》にされた気がする。見てろよ、いまにわたしだって。

「うーん、私が気をつけたことは、走ってるときにどこを見てるか、かな」

「どこを見てるか?」

小春さんは頷《うなず》いて、自分の足下を指差した。

「自分がいまいるところを見つめてると、真《ま》っ直《す》ぐ進めないんだよ。けど……」

小春さんは、すっと前を向いた。視線の先には自分を映し出しているであろう鏡がある。

「自分が行きたいところに、しっかり視線を向ける。そうすると自然と車体が安定して、真っ直ぐ進めるようになるの」

いまいるところではなく、先を見る。

それはなんだか、わたしという人間にとってはとても、怖いことのような気がした。

「えー。けどそれ、難しいんですよね。どうしても転びたくなくて、近くばっかり見ちゃうんですよ」

走りつづけないと転んでしまうような気がして。

だから、がむしゃらに走りつづけて。

そんなことをひたすらに続けた結果、わたしはいまここにいる。

「まあ、自分が向かってる先を見るのって怖いことだけど……」

小春《こはる》さんが髪を耳にかける。さっと体の泡を流すと、白く綺麗《きれい》な肌が露《あら》わになった。

「っ」

露わになった小春さんの素肌。

整形と穴開けを繰り返したということだろうか、その顔と体には、いくつもの傷跡があって。

背中全体には、入れていたなにかを消したような、大きな痕《あと》が広がっていた。

「気がついたら知らない場所にいて、戻れなくなることのほうが、よっぽど怖いよ」

＊＊＊

「前を見る、前を見る、前を見る……」

数日後。わたしは免許合宿の大詰め、実技の試験を受けていた。

いま挑戦しているのが、ずっと苦労していた、一本橋だ。

バイクにまたがって、タイヤよりも少し太い出っ張りの上を、なるべくゆっくり走っていく。

「花音《かの》ちゃーんがんばれ〜」

「転ぶなよー」

小春さんとキウイも応援してくれている。

「前を見る……前を見る！」

わたしはいままで自分の目標がなんなのか、なんのために進んでいるのかわからないままに走ってきた。けど、もしかしたら向き合うときが来たのかもしれない。

馬鹿《ばか》にした人を見返すため、フォロワー一〇万人を目指すため、歌が好きだから。

いろんな理由がわたしのなかを駆け巡るけど、どれも本当の理由って感じはしなかった。

思考が揺らぐ度にぐらぐらと泳ぐ視線。その度にわたしはバランスを崩しそうになりながら、気合いで視線を前に向けて、それをなんとか渡りきる。

わたしはきっと、この歌を届けたいと思える、誰かがほしいのだ。

「おおーっ！　花音！」

「本番強いねえ」

キウイと小春さん、そして教官たちみんなに祝福される。

よかった、これでわたしも免許を取ることが――

と、思っていたのだけれど。


「――すみません、学科で落ちましたっ」

わたしは一本橋とはまったく関係のないところで試験に落ちていて、キウイと小春《こはる》さんに頭を下げているのであった。

「「……あはは」」

二人の苦笑に、わたしはてへっと舌を出した。


「えっ!?　ノクスってあの、竜《りゅう》ヶ《が》崎《さき》ノクス!?」

小春さんと二人での帰路。

俺は自分の秘密を、小春さんに打ち明けていた。

「あ、ノクスのこと知ってましたか……」

「もちろん知ってるよ！　……グッバイ世界！」

「ちょ、真似《まね》しないでください、リアルでやられるのは恥ずいんで」

さすがはインターネットの最奥部に住む女と言うべきだろうか、まだV全体で言えば知る人ぞ知るくらいのポジションである竜ヶ崎ノクスのことをしっかり認知していて、なんなら決め台詞《ぜりふ》まで知られていた。

「あはは。けど、そんなことバラしちゃっていいの？　中の人ってことでしょ？」

「まあ……小春さんなら」

俺はふっと目を逸《そ》らしながら言う。まったく、JELEE《ジエリー》を手伝うようになってからの俺はなんだかおかしいよな。

「……ふーーん」

小春さんはなにやら嬉《うれ》しそうに笑んでいて、俺もその理由がわからないほど鈍感じゃないから、こっちも恥ずかしくなってきた。

「てかさ！　めちゃくちゃかわいいんだから顔出して活動すればいいのに！　こんなにおっぱいもあるし、人気間違いなしだよ！」

「あー、まあ言いたいことはわかりますけど……」

俺は、自分の胸を摑《つか》んで、

「私は逆に……いらないんすよね、これ」

さらりと言ってみた。

小春《こはる》さんは少し黙り、静かに俺をじっと見つめると、

「そっか。わかるよ、その気持ち」

「はい」

俺はただ、なりたい自分になりたいだけなのだ。

この合宿で、花音《かの》にも世界とのすれ違いを理解してもらえて。

こうして小春さんとは、自分となりたい自分との齟齬《そご》を、共感できて。

ひょっとすると俺はもう、自分を一人ぼっちだと思う必要は、ないのだろうか。

「……したいことは逆でも、気持ちは同じじっすよね」

＊＊＊

新宿駅《しんじゆく》。ここで小春さんと俺は違う電車に分かれるようだった。

「それじゃあ、私中央線なんで」

「そっか。それじゃあ」

俺は小春さんに別れを告げて、ホームへの階段を降りていく。すると。

「ねえ！」

階段の上から、声がかかった。

「なんですか？」

俺が振り向きながら返事をすると、

「連絡先教えてよ」

「え。はい、いいっすよ」

たしかにいろいろなことを話したのに連絡先すら交換しないのは、引きこもりに慣れすぎているかもしれないと思った。俺は荷物を持ち直して、階段を上っていく。

「うーん……」

声を漏らしながら、小春さんは渋い顔をしていた。

「……どうしたんですか？」

俺が尋ねると、小春さんはとても不服そうに。

「こういうの、大体私が聞かれる側なんだけど……」

「なんのプライドすかそれ……」

まあこれだけ顔が綺麗《きれい》でスタイルもよかったら、男なんていくらでも寄ってきそうだもんな。苦笑しながら俺はＱＲコードを表示して、LINEを交換した。

「キウイちゃんは荻窪《おぎくぼ》だっけ」

「っすね」

「私は新大久保《しんおおくぼ》だから、バイクなら一瞬じゃん。近々、遊ぼうよ」

さらりとした誘いは、俺にとって嬉《うれ》しいものだった。

……けれど。

「あー。……どうっすかね」

俺は少し迷うように、後ろ向きなことを言ってしまう。

「……あれ？」

小春《こはる》さんの口角が一瞬だけ引きつってしまったのを、ＦＰＳで鍛えた俺の動体視力は見逃さなかった。

「ひょっとして私、思ってたよりキウイちゃんにハマってない？」

「あ、ああっ、いや……！」

その寂しそうな表情を見て、俺はとっさに反省する。

俺はまた誰かとの関係に線を引こうとして、俺に踏み込もうとした人を、傷つけようとしている。

きっと拒絶するということは、嘘《うそ》をつくことよりもよっぽど残酷だ。

「……あ、いや、そういうわけじゃないんすけど……」

少しだけ逡巡《しゅんじゅん》する。きっとここは普通なら、遊びましょうとか無難に返せば良いだけなのだろう。けれど、もしもそれが自分の本当の気持ちじゃないのなら、無理をする必要はないのだと思った。

なら——俺はいま、どうしたいのだろう？

自分の気持ちに真《ま》っ直《す》ぐ向き合って考えてみると、思いのほかすぐそこに、これだって答えが転がっていた。

「……小春さん」

「うん？」

きょとん、と小春さんは首を傾《かし》げる。

「エグゾとか、やってないっすか？」

「え？　やってるけど」

「よかった」

ほっと、安心して息が漏れた。

俺はたぶん、小春さんとはまた遊びたい。


けどその場所は、この世界じゃなくてもいいと思った。


「じゃあ、オンで遊びましょう」

小春さんは俺の言葉に、きょとんと目を丸くした。

「いいけど……家近いのに、なんでわざわざオンラインで？」

もっともな疑問だと思う。

「あはは。まあ、根っこが引きこもりなんで。……それに」

だけど、一番の理由はそうじゃないと思った。

「うん？」

大学に行くためにバイクがいるだのなんだの言っていたけど。

ひょっとすると俺は、これを実感するために、免許を取ったのかもしれない。

俺の肌に合うのは、やっぱりこっちだ。

「――バイクより光ファイバーのほうが、速いっすから」


「ありがとうございましたーっ！」

わたしは免許センターから飛び出すと、達成感に満ちあふれながら、免許証を太陽に掲げた。

「よっしゃー！　とれたー!!」

真っ昼間から一人なのに叫んで、わたしは犬の散歩をしている近所の奥様方から怪訝《けげん》な目で見られる。でも関係ないもんね。これでわたしはバイクに乗れるのだ。

わたしはルンルン気分で腕を振って歩くと、事前に調べておいたレンタルバイクのお店へと向かった。

「へえ！　それじゃあ今日免許取ったんですね」

「そうなんです！」

わたしは無事バイクのレンタル手続きを終えると、お店の前で店員さんにバイクをセッティングしてもらっていた。

「若いのにバイクなんていい趣味ですね！」

「えへへー、そうでしょ！　ありがとうございます！」

わたしが調子よく返していると、店員さんは何気なく、

「最初に行きたいところはもう、決まってるんですか？」

それはただの世間話で、深い意味はないなんてことわかりきっている。

「えーと……」

だけどその質問はなんだかやっぱり、わたしにとって難しいものだった。

免許合宿の最中もなんとなく、ずっと考えていた。最初に行きたいところ。

わたしの、したいこと。目的地。それがずっと、わからないでいた。

ちょっと似ている境遇のキウイについていって、行動してみたらなにかわかるかな、なんて思っていたけど。

きっとわたしは、今もわからないままだ。


「……と、とりあえず、走ろうかなって！」

自信を持てずに空元気とともに答えたわたしは、本当にとりあえずって気持ちで、バイクにまたがった。

「そうなんですね！　それじゃあ、お気をつけて！」

確認を終えた店員さんはお店に戻り、わたしは一人でバイクにまたがっている。

スマホを入れられるようになっているハンドルのパーツに、落ちないようにしっかりと自分のスマホをセットすると、マップのアプリを開いた。

「……」

画面上のテキストボックスをタッチすると、求められているのはやっぱり目的地だ。わたしはそれをぼーっと眺めると、やがてマップを閉じてしまった。スマホの画面は真っ黒に変わって、虚《うつ》ろなわたしの表情を映し出す。

みんなすぐに聞いてくる。どこに行きたいんですか？　わたしはとにかく止まるのが怖くて走りつづけてきたけれど、そこに目的地がないといけないなんて、誰からも習ったことなかったな。

わたしのなかで、言葉にならない感情が、ぐわっと高まるのを感じた。

「行きたいとこなんて、ないっつーの────っ」

どうしてか一人駄々をこねるみたいに言ってしまって、そうすれば自分の気持ちは晴れるのかなって思ってたんだけど、なんならもっと、ぐちゃぐちゃになっていって。

そんなとき。

わたしのスマホに──ある通知が届いた。

「っ」

それはヨルからのDiscordのメッセージで、開いてみると渋谷《しぶや》駅にあるスイーツが美味《おい》しかった、なんていう、本当になんでもない世間話だった。

けれどどうしてだろうか。

わたしは、なんだかそのタイミングに、勝手に運命を感じてしまって。

「……よーっし！」

わたしはとりあえず決まった臨時の目的地に向かって、勢いよくバイクを走らせた。


「まひるー、いくよー！」

「あ、うん！」

花音《かの》ちゃんにメッセージを送ると、私はエミの声に返事をして、サオリとチエピと四人で一緒に来ていたフルーツサンドのお店を出る。四人ともスマホを開いて撮った写真ばかりを見せ合っていて、世間からはなんのためにここ来たのって言われてしまいそうだけど、実際美味《おい》しそうな見た目のものは美味しく感じるから、これはこれで重要なのだ。

「美味しかったねー。見て、これめっちゃいい感じに撮れた」

ほくほく顔で言うサオリに「ほんとだー」って無難な返事をすると、私はみんなとてくてく歩く。それはまさに普通の女子高生って感じの日常で、もちろん私はこれはこれで楽しいのだけど、なんだか物足りなく感じている自分もいた。

あーあ、誰か白馬に乗った王子様みたいな人が、私をここから連れ出してくれないかな、なんてしょうもないことを考えていると。

「ヨルーっ!!」

……そんなことある？

私がここ最近たくさん聞くようになった、よく通って真《ま》っ直《す》ぐな、子どもっぽい声が私の耳に届いた。

聞こえてきたほうを見ると、白馬じゃなくてイカついバイクにまたがった、王子様じゃなくて金髪の不良みたいな女の子がそこにいた。路傍にバイクを止めて、ヘルメットから金髪を覗《のぞ》かせて、私のほうをじっと見ている。

「え！　花音ちゃん？　っていうか早速バイク乗ってる!?」

私は驚きながらも、そちらへ寄った。

「誰？」「文化祭来てた子じゃない？」

エミとサオリがひそひそと噂《うわさ》している。チエピは私をじっと見守っているようだった。

私は花音ちゃんのすぐ側《そば》まで行って、顔を覗き込む。

「どうしたの？　急に」

「いや……えっと」

私が聞くと、花音ちゃんは困ったように頬《ほお》を掻《か》いた。

「……どうしたんだろ？」

こんな大胆なことをしておいてどうしたんだろう。花音ちゃんは、わざわざ私に会いにきてくれたのに、私から目を逸《そ》らして斜め下を見ている。

いや、というよりも——花音《かの》ちゃんはここのところずっと、そうだった気がした。私たちが進路を決めていくのを焦ったように眺めていて、キウイちゃんのバイク免許に突発的についていって。

かと思えばたぶん、免許を取ってすぐにバイクを借りて、いきなりここにやってきた。その原因が具体的になんなのかまではわからなかったけれど、なにか不安定なところにいることは、間違いないような気がした。

はーあ。

まったく、世話が焼けるね。

人間関係円滑大臣はそろそろ、卒業したつもりだったんだけどな。

「花音ちゃん」

私はなるべくフラットに、けれどちょっとだけ懐に入るように、その綺麗《きれい》な名前を呼ぶ。

「ん？」

「よいしょ」

そして当然のように、花音ちゃんのバイクの後ろに座ってやった。横を向くと、エミとサオリがぽかんと私を見ていて、チエピはなぜかキラキラした目で私を見ていた。

「ごめんみんな！　私行くね！」

「「え」」

エミとサオリが声を合わせた。まあそりゃそうだよね、いま私はすっごく、めちゃくちゃなことをしている。なんだかこうしてエミやサオリの声を振り切ってどこかに向かうのは、あのハロウィンのときのライブを思い出すけれど。

たぶん今日は、あのときと逆だ。

「ほら、いこ！」

＊＊＊

渋谷《しぶや》から延びる大通りを、二人乗りで走っている。

落ちないようにぎゅっと抱きしめるように花音ちゃんにつかまっていると、柔らかい部分だけじゃなく骨張った部分の感覚も強く私の腕に伝わってきて、当たり前なんだけど花音ちゃんって一人の女の子なんだよねって実感する。なんだか出会ったときからキラキラしていて浮世離れしているから、花音ちゃんの体のなかにはマシュマロとかわたあめとか、もしくはぴかぴか光るペンライトみたいなものが詰まっているような気がしていたけど、きちんと私と同じ肋《ろっ》骨《こつ》とか肝臓とかが入っているらしい。

「ねえー！」

花音ちゃんが運転しながら、大きな声で叫んだ。

「なにー!?」

「これ、どこに向かえばいいのー!?」

叫びながらもやっぱりどこか迷いを感じる声で、まるで目的地を私に委《ゆだ》ねているような、そんな子どものように甘える響きがあった。

どうしたものかな、なんて真面目に考えそうにもなったけど、そんな雑念は、非日常と心地いい風が吹き飛ばしてくれた。

「……知らなーい!」

「ええっ!?」

放り投げるみたいに答えると、花音《かの》ちゃんは驚いて素《す》っ頓狂《とんきょう》な声をあげた。

バイクのスピードですれ違っていく空気が風になって、私のスカートの裾《すそ》や髪の毛をたなびかせる。空はもう夕暮れに変わっていて、目に飛び込んでくるれんが色の光は、夜の街のネオンとはまた違って、私たちを包むみたいに輝いていた。

空気をいっぱいに吸い込むと、いつのまにか私の頰《ほお》は緩んでいる。

「けどさ!」

私はぐいっと体を反らせて、空を見上げながら叫ぶ。

誰かが迷っていて、走ることも止まることも怖いから、周りに流されている。

こういうときにどうすればいいのか、私は知っている。

ただ思いっきり、本音をぶちまければいいのだ。

「――どこでもよくない!?」


きっと二人の旅に、目的地なんていらない。

走ることそのものがただ楽しくて、二人で風を浴びていることに意味があって。

同じ場所から同じ景色さえ見ていられれば、ただそれだけでゴールみたいなものなのだ。

私は花音ちゃんと一緒に初夏の風を浴びているこの瞬間が、なんだかたまらなく楽しい。

「……っ」

花音ちゃんの体がふわっと震えるのが腕に伝わってきて、私はその背中を見つめる。

「あははっ！」

やがて花音ちゃんはからっと笑うと、アクセルを回してスピードを上げた。

ぐっと体が後ろに引っ張られたから、私はさっきよりもぎゅっと強く、花音ちゃんの体にしがみついた。

「……そっか！」

花音ちゃんの声がすかっと、夕陽を揺らすように響く。

加速していく私の周りの景色は、花音《かの》ちゃんが選んだスピードで、過去へと流れていった。

「どこでもいいねっ！」

＊＊＊

私たちが辿《たど》り着いたのは、お台場《だいば》の海だった。

「おーっ！　めっちゃ綺麗《きれい》！」

バイクから降りた花音ちゃんは楽しそうに浜辺の見える高台の柵の近くまで走っていって、身を乗り出した。私も後ろから歩いていって花音ちゃんの隣に並ぶと、夕陽が沈みかけた海を一緒に眺める。

「すごいねえ。久々に海来た」

ざわざわと、砂と波がこすれる音が聞こえる。

「……ヨルは進路って、どうしたの？」

ふと、花音ちゃんが夕陽を眺めながら言った。

「……進学にしたよ。……美大に」

まだ、本気でプロを目指したいと思っているわけではない。

けれどめいちゃんの話を聞いて、思ったのだ。

私は私が本気で好きだと思えるものを、見つけていきたい、って。

「そっか。……みんな、決めてくんだなあ」

ぽつりと独り言のように言うと、花音ちゃんは柵から離れて高台を降りていく。その先には、誰もいない浜辺があった。

「どうして、美大に？」

花音ちゃんの後ろをついていく私に、背中越しの声が届く。

どうして、か。

それを言葉にするのは少し難しかったけど、花音ちゃんの隣ならいつもよりも上手《うま》く、言葉にできるような気がした。

「私さ、自分の絵が好きになりたいんだ」

「……言ってたね」

私は頷《うなず》く。浜辺に辿り着いた私は、ローファーで綺麗な砂に足跡をつけながら、花音ちゃんの隣を歩いている。

「けど……それだけじゃなくて。もっとすごい絵を描いて、喜んで欲しい人がいるんだよね」

私が言うと、花音ちゃんは驚いたように立ち止まった。

「喜んで欲しい人？　ヨルにそんな人がいるなんて……」

一人だけ先に歩いていった私は、丁度良いところで止まって、浜辺に座りこむ。なんだかそうしたくなって、ローファーと靴下を脱ぐと、砂浜を素足で感じた。

「うん。……恩人っていうか、私が迷ってたときに、私がしたいと思ってたことを教えてくれて」

夕陽が水面で、ゆらゆらと揺れている。

「絵が上達したときには、自分のことみたいに喜んでくれたりして」

「それって……」

隣に座った花音《かの》ちゃんは、じっと私を見ている。

私は得意げに花音ちゃんに視線を返すと、なんだか自然と笑みが浮かんできた。

「……私って意外と、恩はちゃんと返したいタイプなのかもっ」


恩返し。

なんだかすっごく、しっくりきた。

そういえば、出会ったときからそうだった。

私がどうして花音ちゃんと一緒にいると居心地が良いのか、一緒にいたいと思えるのか。

それはきっと――私は花音ちゃんと話していると、自分が本当はなにをしたいのかを、見つけることができるからだ。

「ね。花音ちゃんはどうして、免許を取ったの？　行きたいところでもあったの？」

だから私も、それを返したいと思った。

花音ちゃんの大切なところをきちんと聞いてあげて、ヒントになるようなことを、たくさん考えてあげて。

一緒に花音ちゃんが悩んでいることの答えを出す手伝いをしたい。

そうやって花音ちゃんの大切なところを共有する、大切な人になりたい。そう思った。

「……私さ。わからなくなったんだ」

花音ちゃんは海を見つめたまま、ぽつぽつと話しはじめる。

「自分がどうして走ってるのか、どこに行きたいのか」

私は花音ちゃんがそれを見失っていることに、なんとなく気がついていた気がする。

「……フォロワー一〇万人なんて目指して、どうしたかったのか」

花音ちゃんは、ゆらゆら揺れる夕陽に、手をかざした。

「私の――歌う理由は、なんなのか」

花音《かの》ちゃんが悩んでいるまんなかの部分はきっと、そこなのだろう。

「歌う理由……か」

海が綺麗《きれい》な夕陽を反射している。

だけど花音ちゃんが伸ばした腕は、そこに届かない。

それでもきっと、花音ちゃんはそこに手を伸ばしつづけて、そしていつの間にか、一人になってしまっていたのだろう。

「ね、花音ちゃん」

私は、ここ一年の私の記憶のなかで、一番大切な日のことを思い出す。

仮装だらけの非日常のなかを手をつないで走った、あのキラキラした夜。

二人が最初にJELEE《ジェリー》になった、私たちの記念日だ。


「……あのとき、言ってくれたよね？」

「うん？」

自分の絵を変だと言ってしまって。絵を描く理由を見失って。

だけどそんな自分が好きになれなくて、前に踏み出す理由を探していたとき。

前に進む理由をくれたのは、花音ちゃんだった。

「――だったら、私のために描いてって」

花音ちゃんはじっと、私の表情を見ていた。

もしかしたら花音ちゃんはあの日、ただ自分が好きだった絵師に運命的に出会って、勢いのままに自分のやりたいことをぶつけただけなのかもしれない。

滞っていた私の気持ちや流れをどうにかしてあげようなんて気は、全然なかったかもしれない。

だけど。

「じゃあ、今度は私の番」

砂浜で立ち上がる。

嫌いな自分を振り切るきっかけも、自分を好きになりはじめたきっかけも、キラキラ輝いた大好きな毎日も、全部この女の子からもらった。

だったらやっぱり――これは恩返しだ。

「花音《かの》ちゃん——私のために歌ってよ！　私、花音ちゃんの歌が、大好きだから！」


こんなことで花音ちゃんの気が晴れるのかはわからない。

だけど私は。私がされて嬉《うれ》しかったことを、花音ちゃんにしたいと思った。

花音ちゃんが理由を失っているなら——私がその理由になりたい。

そう思ったのだ。


花音ちゃんは力が抜けたように口を小さく開けて、座ったまま私のことを見上げている。

そんなとき。

私の目に、一つの光景が飛び込んできた。

「——ねえ！　見て！」

私が指した海には、水色に透けた野生のクラゲが、夕陽を反射してふよふよと浮いていた。

波にゆられて、まるで泳いでいるみたいに漂うクラゲの姿は、自由で、気ままで。

そして——キラキラと輝いていた。

「すごい！　野生のクラゲ!?」

花音ちゃんも、声を弾ませた。

「ね、花音ちゃん」

私は、夜と夕方が混じりはじめた海を眺めながら言う。

「一つ、告白していい？」

「な、なに？」

花音ちゃんの声は少しだけ震えた。

私は手を後ろに組みながら、沈みかけた夕陽を受ける。

「私さ。あんなにクラゲが好きって言ってきたけど……」

「うん」

潮風が髪の毛を揺らして首筋をくすぐる。土っぽい香りが、ちょっとだけ鼻についた。

この景色を見れたのが、花音ちゃんと一緒で良かったなって思うと――

楽しくなってまた、笑顔がこぼれてしまった。

「野生のクラゲを見るのって、生まれて初めて」

「っ」

花音ちゃんははっと一瞬言葉を失うと、

「……私も。……私も、初めて」

みたいだ。

呆然《ぼうぜん》と、流されるみたいに言う花音《かの》ちゃんの表情はやっぱり、一人ぼっちを恐れる子どもみたいだ。

「ほら！」

だから私は、花音ちゃんに手を差し出した。

「いこ！」

「え？」

今度は、私の番なのだ。

曖昧《あいまい》に差し出された手を取って、私は座ったままの花音ちゃんを引っ張り上げる。

「わあぁぁぁぁ!?」

半ば無理やり立ち上がらせた花音ちゃんを連れて、私は海に向かって走り出した。

「せっかくクラゲがいるんだもん！　近くで見ないともったいないよっ！」

はあ、はあという二つの息づかいが響く。

私は花音ちゃんと体温をつないで、浜辺に二人分の足跡を残していく。

夕陽も、水面も、クラゲも——花音ちゃんの表情も。

全部が輝いて見える瞬間はまるで、カラフルな魔法みたいだった。

「ねえ！」

花音ちゃんが不意に、声を張り上げた。

「わたし、わかったかも！」

「なにがー!?」

「免許取った理由！」

私に手を引かれた花音ちゃんは、清々しく、晴れやかな声で。

こんなことを叫んだ。


「――まひるを、乗せるためだったのかも！」


まったく。

こんなところもまた、あのときと一緒だ。

テンションが上がった勢いで、青臭いことを叫んでしまって。

そんなとき私はいっつもあとで、恥ずかしくなってしまうのだ。

でも、一つ思う。

いっつも恥ずかしいことを当たり前に言ってのける花音ちゃんだけど。

こうして迷っている花音ちゃんなら、照れさせる隙《すき》があるんだとしたら、どうだろう？

私はなんだか――そんな花音ちゃんを、見てみたいと思った。

私は渋谷《しぶや》のトンネルを抜けて走ったとき花音《かの》ちゃんがしたように、手を離してぐいっと加速して。

少しだけ花音ちゃんの前に出ると、スピードを緩めていった。

花音ちゃんもそれに呼応して、私の少し後ろで立ち止まる。

私を乗せるため、か。

嬉《うれ》しいんだけど、それってやっぱり、花音ちゃんの隙《すき》だと思った。

だから私はからかうように笑って。

こんなことを言ってやった。


「なにそれ、ちょっと重い」


少しの沈黙。

「〜〜っ！」

やがて私の思惑どおり顔を真っ赤にした花音ちゃんが、ぱんって恥ずかしさを破裂させるみたいに言った。

「そ、そういうこと言わないの！」

あはは、やってやった。

私は、それが見たかったのだ。

「ていうかいま、まひるって呼んだ？ なんで？」

「い、いいでしょ、そういう気分ってことで！」

「えーよくないなあー。教えてよー」

「理由とかないから！ しーつーこーいーっ！」

子ども同士みたいに戯《たわむ》れる私と花音ちゃん。

そんな傍らで夕陽に照らされながら、ふわふわと漂う野生のクラゲは――

私がロマンチックな気分になっていたからだろうか――まるで泳いでいるように、私には見えた。


ちなみに、その数十分後。

免許取得から一年未満で二人乗りするのは禁止ということで、私たちは違反切符を切られてしまったのだけど……まあ、そんなロマンチックじゃないことは言いっこなしにしておこう。

8 カソウライブ

夏休み。

私たちはいつものカフェバーに集まって会議をしているけれど、今日は正直会議どころじゃなかった。

「はぁ～……エアコン、好き……」

「こうも暑いとなんのやる気も起きませんね……」

テーブルに溶ける私に、めいちゃんも賛同してくれる。

『そうか？　私は大丈夫だけど』

リモート参加で余裕たっぷりのキウイちゃんの言葉に、私は眉《まゆ》をひそめた。

「それは外に出てないからでしょ」

エアコンが効いてるからいまはなんとかなってるけど、三十度後半の外を数分歩くと、それだけで涼しい部屋で三十分は休憩しないと回復できないほどの肉体的ダメージを負うのだ。部屋から出ないキウイちゃんにはわかるまい。

『大変だなあ』

「ひとごと……」

私が余裕綽々《よゆうしゃくしゃく》のキウイちゃんに不満を覚えていると、花音《かの》ちゃんがみんなを鼓舞するように口を開いた。

「と、いうことで！」

花音ちゃんは、どんとテーブルを叩《たた》いた。

「JELEE《ジェリー》、夏休み合宿を開催したいと思います‼」

「『へ？』」

私とキウイちゃんがきょとんとした声を出して、めいちゃんが「わーーっ」とか言いながら顔の前で小さく拍手している。多分めいちゃんも初耳だったはずだから、受け入れるのが早すぎる。

「合宿って……」

『なんのためにだよ？』

私とキウイちゃんが幼馴染《おさななじみ》のチームワークを発揮して言葉を分担して質問すると、

「だって、そろそろ二か月後に備えないと！」

「二か月後……ですか？」

めいちゃんがきょとん、と首を傾《かし》げた。

「そう！　わたしたち、今年の十月で結成一周年でしょ？」

「あ……そっか」

私は納得する。

いまは八月。JELEE《ジエリー》が結成されたのを私と花音《かの》ちゃんが渋谷《しぶや》を一緒に走ったハロウィンの日だとするならば、あと二か月と数週間でJELEEの一周年だ。なんだかんだ長く活動したものだ。

「だから記念に、ライブを開催したいなって！　その準備合宿だよ！」

キラキラと輝いた口調で言う。ちょっと前までは自分の歌う理由に悩んでいる、とまで言っていたのに、いまは合宿とライブ、二つの目標を同時に提示してきている。なんとまあ回復したことだ。もし私が少しは役に立てたんだとしたら、素直に嬉《うれ》しい。

『けどライブって……どうやってだよ？　私たち顔出しはできないだろ。特に、私と花音は』

「そう言われるかと思いまして……こちらをご覧ください！」

言いながら花音ちゃんは、『JELEE結成一周年　仮装ライブ』と書かれた手書きの紙切れを出した。企画書……みたいなものだろうか。

『……仮装？』

キウイちゃんはきょとんと言ったけれど、私にはその言葉はあまりにも身に覚えがあって。

だからたぶん、花音ちゃんが言わんとしていることがすぐにわかった。

「……あ、そっか！　仮面があれば！」

「そういうこと！」

花音ちゃんが嬉しそうに頷《うなず》く。

「仮面で顔を隠して、みんなでJELEEをイメージした衣装を着て、曲を演奏する！　そうすれば『JELEE』としてのライブができるでしょ！」

『なるほど……あくまで匿名アーティストのJELEEとしてライブをする、ってことか』

「すごい！　素敵です！」

キウイちゃんとめいちゃんにも伝わったようで、一気に会議の雰囲気が華やぐ。

けれど、私はそんななか余計なことを心配していた。

「……また私トライアングル？」

『いや、さすがに別の役割だろ』

リモートなのに誰よりも早くツッコんでくれるキウイちゃんはさすがって感じだけど、私は比較的本気で心配していた。まあトライアングルじゃないにせよ、そういうライブでイラストレーターは、なにをすればいいんだろう？

「それに……わたしたちまだ一回も、みんなにライブを届けられてないからさ」

『え？　この間、静江《しずえ》さんのライブでも——』

花音《かの》ちゃんの言葉にキウイちゃんが疑問を呈するけど、花音ちゃんはその言葉を遮った。

「けど――そこにわたしたちのファンはいなかった」

私たちは、はっとする。

「直接届けたいんだ。わたしたちの歌を、わたしたちのファンに！」

花音ちゃんはぱあっと、子供っぽく笑った。


私はいま、人生最大のミッションに挑んでいます。

パソコンの検索画面に向き合って、血眼になって相応しい場所を探していました。

「うーん。イマイチです……」

私が探しているのは、私とののたんの初めてのお泊まりの舞台となるホテル――つまり、運命のお城です。

普段はＤＴＭにしか使わないパソコン画面。文字を入れる白い長方形の下には、私が調べた履歴のようなものが表示されています。

『ホテル　ロマンチック』

『ホテル　ギネス記録』
『ホテル　愛する人と泊まる』
『ホテル　初夜を過ごす』

しかしなかなか、私の眼鏡にかなう最高のロケーションは見つかりませんでした。私はののたんからもらったメモを見ながら、探す条件として言われたことを思いだしています。

――『ホテルの条件は……Wi-Fi付き、四人分の作業スペースがある、ベッドが広い。
この三つだからね？　ほんとに大丈夫？」
――『はい！　私に!!　是非この高梨《たかなし》・キム・アヌーク・めいにおまかせください!!』

そうしてほとんどゴリ押しで決まった、私がホテルを探すという重大な任務。私はこれを最高のかたちで成就させせなければなりません。

「……ダメ……ここは私とののたんの初めての旅行には相応《ふさわ》しくない……もっと綺麗《きれい》で……もっと幻想的で……もっと可愛《かわい》くて……！　はっ⁉　ならばいっそ――！」

私は画面の文字を入れる白い長方形に、『パリ　旅行　航空券』というワードを打ち込むと、ピアノ独奏曲の最後の一音を鳴らすかのように、エンターと書かれたキーを押し込みました。

「パリに――！」

そこで私は我に返り、首を振ります。

「だ、だめ……ののたんのパスポートを作る時間がない……」

私は冷静になって現実的な判断をすると、また別の言葉で運命のお城を探します。

それから数十分探しつづけ――

「……っ！　ここ！」

ついに私は、見つけてしまいました。

ののたんに言われた条件がすべて整い、ロマンティックで、美しくて、現実を忘れられるようなきらめく空間を。

「ののたん、ありましたよ……！　私たちの最初に相応《ふさわ》しい、愛のお城が……！」

画面に映る、まるで日本古来の幻想的な世界を彷彿《ほうふつ》とさせる、華美な空間。

足を踏み入れるだけでときめいてしまいそうな、真っ赤な佇《たたず》まい。

「では早速予約を……」

と、そこで私は大切なことに気がつきました。

「はっ！　いけない！」

私は一度、パソコンのモニターを切ります。

そして私は予約をする前に身を清めるため――まずはシャワールームへと向かうのでした。

合宿の前日の夜。

私が合宿の荷物の最終確認を終えて、歯磨きをしていると、

「……ん」

不意に花音《かの》ちゃんから通話の着信があった。

「もしもし？」

『あ、まひるー？』

「んぐ……、はい、まひるです」

歯磨きしながらだと少し喋《しゃべ》りづらかったけど、まあ花音ちゃんだからいっかということで歯磨きを継続しながら会話することにした。

「どうしたの？」

『ああいや、わたしたち明日から合宿でしょ？　なんかそわそわしちゃって』

なんだかまた、子どもっぽい理由だ。まあ花音ちゃんはもともとそういうところがあるんだけど、もう少しかっこつけていたというか、大人ぶってたところがあったと思う。まあ、いろんなことを話したし、素を見せてくれている、ということなのだろう。私は洗面台にスマホを

置いて、歯磨きしたまま会話する。

「珍しいね。花音《かの》ちゃんが暇電なんて。……んぐ」

『たしかに。そういえばわたし、初めてかも。けどなんか、声が聞きたくなって』

私は思わず、歯磨き粉を飲み込みそうになった。

「っ!?……あのさあ、花音ちゃんそれ、自分で言っててくすぐったくならない？」

『えー？』

花音ちゃんは楽しそうにくすくす笑う。

『けどまひるは、なんだかんだ受け入れてくれるじゃん』

「……あれ、私ってひょっとして、つけ込まれてる？」

『あはは、言われてみればそうかも。まひるは、NOと言えない日本人だもんね』

「おやすみ、そろそろ切るね」

『あー嘘《うそ》嘘！　ごめんって！』

そんなじゃれ合うような会話はやっぱり、私にとって居心地がよくて。

『花音ー。お風呂《ふろ》上がったよー！』

不意に、通話越しに花音ちゃんじゃない女の人――おそらく美音《みおん》さんの声が聞こえてきた。

『は、はーい！』

『ていうかあんた、明日から合宿でしょ？　準備したの？』

焦った花音ちゃんの声と、やっぱりこれは美音さんだろう、花音ちゃんを急《せ》かす声が聞こえてくる。

『まひる、ごめん！　お姉ちゃん来ちゃった！　声聞けて嬉《うれ》しかったよ！　じゃあおやすみ！』

「え、あ、うん。おやすみ？」

そして電話が切れてしまった。勝手に電話をかけてきて、かと思えば勝手に切ってしまって。花音ちゃんは相変わらず花音ちゃんだ。

私はちょっと呆気《あっけ》にとられつつも、一人でくすっと笑った。

「ほんと、子供だなあ」

＊＊＊

そして、ついに合宿当日。

私たちは泊まり用の大きな荷物を持って、とあるターミナル駅の前に集合していた。

「合宿って聞いてたのに……」

私はその駅の看板を見上げる。

「……めちゃくちゃ私らの地元だな」

そう。そこに書かれているのは『大宮駅《おおみや》』という文字だ。幼稚園のころから何度も来ているし、なんなら私はいまだって、ここから一駅のところに住んでいる。

「それじゃあいきましょう！」

めいちゃんはうきうきでスマホのマップアプリを開くと、もう片方の腕を元気よくぶんぶん振りながら歩いていく。なんかJELEE《ジエリー》のなかで一番楽しそうですね。

「……」

ふと見ると、キウイちゃんがフードを被《かぶ》って俯《うつむ》き気味で歩いているのが目に入った。……あ、そっか、そうだよね。

「大丈夫？　地元だもんね」

ここにはきっと、キウイちゃんがいまは会いたくないと思っているであろう、私たち共通の友達が歩いている可能性がある。

「ああいや……。わるい、気を使わせて」

申し訳なさそうに言うキウイちゃんだったけど、私はなんて声をかければいいのかわからなかった。

めいちゃんは大宮《おおみや》のなかでも大人な意味で栄えている繁華街、いわゆる南銀座《みなみぎんざ》通りと呼ばれる通りへ進み、どんどんと奥へと進んでいく。こんなところに合宿に使えるような宿なんてあったっけな、と思いながら、地元民である私は不安になっていく。

「ねえめいちゃん」

私はめいちゃんの隣に並んで、話しかけた。

「なんでしょう?」

「道、……ちゃんとあってる?」

「……? はい、あってるはずですけど……」

ちらりと見せてくれるマップアプリの画面。たしかにそこを見る限り、私たちは経路どおりに進んでいるようだった。

「ま、まあ……ならいいけど」

――しかし。

数分後。

「……ねえまひる、この辺って……」

「うん……」

花音《かの》ちゃんが耳打ちしてきて、私も頷《うなず》く。

南銀座通りを奥に進むと街はどんどんと俗っぽくなっていって、いわゆる繁華街――を超えて、歓楽街という様相になってくる。そして……そんな街で『合宿できる場所』ということは。

私はもうほとんど察しがついていた。

やがて、めいちゃんがとある建物の前で立ち止まる。

「着きました！」

言いながら自信満々に、三人を振り返る。

「――ここですっ!!」

そして両手でババーンと、その建物を示してみせた。

なるほどなるほど、たしかにおそらくそこはWi-Fiが付いていて、四人分の作業スペースがあって、ベッドが広いのだろう。おまけに言えばきっとめいちゃんが求めているであろう幻想的でロマンティックな雰囲気も兼ね備えている可能性が高そうだ。

「……ねえまひる、ここって」

花音《かの》ちゃんが眉《まゆ》をひそめながら言った。

「……うん」

そう。

――目の前に広がっていたのは、シンプルにラブホテルだった。

目を輝かせて、ドヤ顔でラブホテルを強調しているめいちゃんに、私は耳打ちしてあげることにした。通行人の目とかもあるしね。

「あのね、めいちゃん」

「なんですか!?」

鼻息荒く、どうですかと誇らしげなめいちゃんに、私はそれを解説する。

HOTEL
TOTUS

「～～～～っ！」

　めいちゃんの顔が、みるみるうちに赤くなっていった。

「ち、違うんです、決してそういう意味で予約したわけでは……っ！」

「わかってるわかってる」

　私がめいちゃんを撫《な》でてなだめると、その横でキウイちゃんが「この場合のそういう意味って、どういう意味だよ……」とつぶやきながら苦笑していた。

「すごーい！　わたしこういうとこ初めてきた！」

　花音《かの》ちゃんは興味津々って感じで子どもっぽく、キョロキョロと建物を見上げている。

「まあ、元アイドルの女子高生が来たことあったら、それはそれで問題だよな……」

　キウイちゃんが苦笑する。

「と、とりあえず行きましょう！」

　めいちゃんに連れられて中に入ると、和傘や金魚の水槽など、派手な内装が私たちの前に現れた。受付がなくてタッチパネルがあるから、あそこで部屋にチェックインするんだろうか。

「ね、めいちゃん。予約番号とかわかる？」

「え、えっと……！　これですかね？」

「あ、たぶんそう」

私はめいちゃんからメールを見せてもらうと、タッチパネルを操作する。そんな私のことを、水槽や内装を興味津々で見ていたキウイちゃんが、目を丸くして見ていた。

「あ、できたできた」

ういーんと部屋番号とチェックアウト時間などが印字された紙切れがカードキーとともに出てきて、私たちは無事チェックインに成功する。

「よし、いこ」

私がみんなを先導すると、花音ちゃんがぽかんと、私を見た。

「……もしかしてまひる、こういうとこ来たことあるの？」

「え？」

私は三人を見渡す。元アイドルの不登校ＪＫ、引きこもりの最強VTuber、音楽一家のエリートで変わり者。……ふむ。

「ないよっ。……私もみんなと一緒っ！」

「おい……その言い方、ホントか？」

にっこり笑って言った私に、キウイちゃんが抜け目なくツッコミを入れた。

＊＊＊

目の前に広がる豪華絢爛《ごうかけんらん》な部屋。青を基調にして海を表現しているその内装には魚などのイラストが描かれていて、ベッドは巨大な貝殻を模している。おお、なんかラブホテルってわかったときはがっくりしたけど、なんかめちゃくちゃJELEE《ジエリー》の合宿にぴったりかもしれない。横長のソファには机がついていて作業スペースには困らなそうだし、天井にはプロジェクターまであるのだからもういたれりつくせりだ。私たち四人は目を輝かせている。

「おぉ〜！」

「すごいよめい！　めっちゃいい部屋！」

「よ、喜んでもらえましたか⁉」

使命を果たせて幸せです、みたいな感じでめいちゃんは顔を赤らめている。

花音《かの》ちゃんは無邪気にベッドに飛び込んだ。

「ベッドも大きーい！」

私もお風呂《ふろ》を見にいくと、

「お風呂も広いよー！」

キウイちゃんはパソコンで、回線の速度を測ると、

「Wi-Fiの速度もバッチリだ」

「一人だけ視点が違う……」

私はキウイちゃんらしいな、と思いながらも苦笑した。

数十分後。

キウイちゃんが花音ちゃんのパソコンをプロジェクターに接続しているあいだに、花音ちゃんがライブのコンセプトについて説明している。

「ライブっていうのはお客さんに夢みたいな非日常を味わってもらうものなの。だから——」

花音ちゃんは、ホテルでレンタルできるメイドのコスで、バッチリポーズを決めた。

「衣装はとっても大事！」

まあたしかにさすがは元アイドルと言うべきか、似合うには似合っているのだけど。

「これではないかな……」

私は正直に言う。だってこれはJELEEのライブなので……。キウイちゃんも頷《うなず》く。

「ていうか着たいだけだろ……」

「えーっ！　そんなことないよっ！」

花音ちゃんは言いながらも完全にノリノリで、次のコスプレ衣装に着替えるために脱衣所へ向かった。

ちなみにもちろんめいちゃんは顔を真っ赤にして興奮していて、もはや口から魂が出かけている。

「いろんな世界をぉ……」

——花音《かの》ちゃんは、花魁《おいらん》のコスプレでポーズした。

「味わってほしいからねっ☆」

——花音ちゃんは彼シャツのコスプレでポーズした。


めいちゃんの魂がついに飛んで、ぐったりと倒れている。

「こら、遊ぶな」

私が花音ちゃんに得意のチョップをお見舞いすると、花音ちゃんはえへへと笑ったので、そんな顔しても許しませんよって感じでがしっと頭を鷲《わし》づかみにした。

「いだだだだ……。た、たしかに……これじゃあただのコスプレだもんね……」

花音ちゃんが反省したように言うので、私は頭を離して考える。

「けど、このJELEE《ジェリー》ちゃんの格好をそのままするっていうのも……」

言いながら私がタブレットでJELEEちゃんのイラストを見せると、キウイちゃんも首を捻《ひね》った。

「それもまあ、同じくコスプレだよな」

そして四人でうーんと、声を合わせる。

「あ！　……あの絵は⁉」

花音ちゃんが閃《ひらめ》いたように言うので、私は「あの絵？」と返した。

「クラゲだよ！　わたしたちが出会ったきっかけの、壁画のクラゲ！」

「壁画って……私が描いた、渋谷《しぶや》の？」

「そう！　あのリメイクを衣装にプリントするっていうのは⁉」

するとキウイちゃんはピンと来たみたいで、

「あー……なるほど。たしかにそれなら、現実味もあるし、JELEEっぽくもあるな」

「……うん、悪くないかも」

私も頷《うなず》いて、徐々に話がまとまっていく。ちなみにめいちゃんは結局そこから三十分くらい魂を飛ばしていた。

＊＊＊

キウイちゃんが接続したプロジェクターで花音ちゃんが、ライブの資料を壁に映し出している。電気を消した部屋で、私たちは花音ちゃんの話を聞いている。

「――ってことで、会場はその三つを視察して、良かったところに決めるのが一番いいかなって。曲順はお客さんの体力も考慮して――」

ぺらぺらぺら、と。

花音《かの》ちゃんはライブの細かいところまでを、真剣にプレゼンしている。

「――と、いう感じで考えてるんだけど、いかがでしょう!?」

そうして終わった花音ちゃんのライブの計画を聞いて。

少なくとも私とキウイちゃんは、同じ感想を抱いているようだった。

「なんというか……びっくりした」

私が言うと、キウイちゃんも頷《うなず》く。

「花音が考えたとは思えないくらい、計画がしっかりしてるよな」

「期待されてなかった!?」

ショックを受ける花音ちゃんだけど、その横でめいちゃんだけが「さすが元サンドーです！」と言いながら、元気いっぱいに親指を立てていた。

「じゃあ大枠はそんな感じとして……実は今回、もう一個やりたいことがあって」

「やりたいこと？」

私が言うと、花音ちゃんは頷いて、天井についたプラネタリウム風のプロジェクターのスイッチをオンにした。

「わたしたちこの一年で、ビックリするくらいたくさんの人に応援してもらえるようになったでしょ？」

それは本当にそうだった。

だって数十人から始まったJELEE《ジエリー》のXのフォロワーは、いまや八万を超えている。

「だから今回のライブは、ファンのみんなと作るライブにしたいんだ」

「ファンと？」

私が言葉を繰り返すと、花音ちゃんはなにかを思い出すようにしながら。

「……すっごく、綺麗《きれい》なんだ」

いまこの部屋には、プロジェクターが映し出す小さな光が一面を覆っている。

「満員の会場の明かりを消してね？　みんなが同じ色のサイリウムを、一斉に振るの。そうすると真っ暗ななかに、わたしが選んだ色だけが浮かんで、曲に合わせてゆっくり揺れて――」

私たち三人は、じっと話を聞いている。

「けど、気付くんだ。みんなから遅れちゃってる光とか、逆方向にいっちゃう光もあったりして……。そこで思うの。あれはただの光じゃなくて、一人一人がわたしを好きでいてくれてるファンなんだよね、って。それが、すっごく嬉《うれ》しくて」

花音ちゃんの表情は、どんどんとキラキラ輝いていく。

きっと――あれが花音ちゃんが『アイドル』をしているときの表情なのだろう。

「一人一人の顔が見えた。――そんな気持ちになれるんだ」

経験したことないけれど、なんとなくわかるような気がした。

それはきっと、花音《かの》ちゃんの言葉に、本当の実感がこもっているから。

きっと心の底から感情移入して見てきた景色を、そのままに伝えてくれているから。

「わたし、感じたいんだ！　ファンと一つになれる瞬間を、みんなと一緒に！」

私たち三人は、顔を合わせて頷《うなず》き合った。

こういうところが、花音ちゃんなのだ。

ワクワクする目標を掲げて、そのためにがんばりたいって、本気で思わせてくれて。

やっぱり花音ちゃんは、JELEE《ジェリー》のリーダーなんだなあとか、そんなことを思った。

＊＊＊

「今日はここに集まってくれたリスナーのみんなに、重大発表があります！」

数十分が経ち、私たちはみんなでパソコンの前に集まっている。

パソコンの前には配信のコメント画面。しているのは、JELEEによる告知生配信だ。

「来たる十月三十一日！　JELEE一周年記念リアルライブを開催します！」

『絶対行きます!!』

『JELEEちゃんは実在したんだ……』

『大阪ではやりますか⁉』

『顔出すんですか⁉』

『JELEEちゃん以外も歌ったりしますか？』

「もちろん、顔は出さないぞ。だからハロウィンライブで仮装するってわけだ」

キウイちゃんがノクスの口調で言う。

「私は……新しいことに挑戦するから、楽しみにしててね」

どうやらトライアングル以外にやることができた私は、緊張しながらもそれを言った。

「私は絶対に歌いません!!」

コメント欄の『JELEEちゃん以外も歌ったりしますか？』という文章に一人だけ過剰反応して顔を真っ赤にして言うめいちゃんは、すっかりJELEEの配信でも面白いキャラクター・木村《きむら》ちゃんとして定着しはじめていた。

「それで……JELEEちゃんからみんなに、お願いがあるんだよね？」

私が海月《うみつき》ヨルとして花音ちゃんに言うと、花音ちゃんもJELEEちゃんとして口を開く。

「うん。わたし、みんなと作りたい景色があるの。だから――」

花音ちゃんは、熱っぽく――夢を語るように。

「青いサイリウム、用意してほしいんだ」

＊＊＊

「ふーっ！　みんなお疲れ！」

ラブホテルの屋上。なんと足湯があることに気がついた私たちは、四人でそこにやってきていた。

「ののたん、作詞お疲れさまでした」

「ううん。めいこそたくさんアドバイス、ありがと」

花音《かの》ちゃんは今日一日で、新曲の歌詞を丸々仕上げてみせた。ネットの類語辞典を見ながら作詞していて、意外と言っちゃなんだけど、勢いだけで書いてるわけじゃないんだなって実感した。

私はまだMVの作業はできないから、ライブの衣装用に壁画のクラゲのリメイク案をいくつも出していた。ほとんど決定稿までいったから、ライブまでには余裕で間に合うだろう。

キウイちゃんはライブ用の動画を作りながら、花音ちゃんと相談してライブのコンセプトを考えていた。青いサイリウムを使ったり、映像と音をリンクさせる演出を考えているときのキウイちゃんは活き活きしていて、やっぱり本来、こういうことを作るのが好きなのだろう。

ちなみにめいちゃんは花音ちゃんの作詞に合わせて作曲もしていたけれど、多くの時間はクラゲに模した推し団扇《うちわ》の作成だったり、ファンとの交流に使うグッズの案を考えていた。さすがは元アイドルガチオタクとして、私たちに人を推すということのイロハを教えてくれた。

そんな感じで私たちは着実に、ライブの準備を進めていた。

「明日は朝十時にチェックアウトでしたっけ」

めいちゃんの質問に私が頷《うなず》く。

「うん。衣装に演出に、やることはまだまだ山盛りだけど……」

そして、花音ちゃんが立ち上がって、勢いよく拳《こぶし》を振り上げた。

「本番まで全力で駆け抜けるぞーっ！」

と、そのとき。

その拳にぽつりと水滴が落ちてきて、やがて――。

「――とか言ってたら、雨降ってきたぞ」

キウイちゃんが苦笑する。私たちは足湯の屋根に守られているけれど、一歩その外に出たらザーザー降りだ。

「あはは。ま、こういうのも私たちらしいんじゃない?」

私が言うと、めいちゃんが頷《うなず》く。

「ですね!」

しかし、そんななか。

花音《かの》ちゃんはなぜか、楽しそうに目を輝かせていた。

「――チャンスっ!」

「え?」

私が呆気《あっけ》にとられていると、花音ちゃんは足湯の屋根の下から飛び出して、

「天然のシャワーっ!」

服を着たまま両手を広げて、雨を真《ま》っ直《す》ぐ受けはじめた。

「なーにやってんだあいつは……」

キウイちゃんが呆《あき》れたように言う。

「なに言ってんの! ピンチはチャンスだよ!」

雨のなか、くるくると楽しそうに笑う花音ちゃんは、わけわからないことに本気で楽しそうで。そんな様子を、うずうずしながらめいちゃんが見ていた。

「わ、私もやりますーっ!」

めいちゃんも飛び出して、並んで雨を浴びる。

意味がわからないし、こんなことをしてもなんの得にもならないと思う。

でもたしかに——雨を悲しんで、運が悪いなあって思っているよりは、ずっといいと思った。

「ったく、くだらな——」

いつもみたいに捻《ひね》くれたことを言いかけたキウイちゃんに、私は手を伸ばした。

ニコッと笑って、問答無用な雰囲気を出す。こうしたらなんだかんだキウイちゃんは、ついてきてくれるのだ。

「……はあ」

そしてキウイちゃんと一緒に屋根から飛び出すと、私たちは雨のなか四人で飛び回る。

せっかくかわいく巻いて固めていたのに、おでこにひっついてしまう前髪。

たぶん革の部品とかもあるから、濡らさないほうがいいバッグ。

ていうかそもそも埼玉上空の空気を通過した雨を体に受けて、肌にいいはずもない。

だけど私たちは、誰もそんなこと気にしないで、ゲラゲラと笑っていた。

ビルの下には、傘を差しながら歩く人たちの姿が見える。雨を鬱陶《うっとう》しそうにしながら、つまらなそうな表情で歩くその姿は、私たちとは対照的だった。

けれど、どうしてだろうか。花音ちゃんはそんな人たちの姿を眺めると、黙りこくってしまう。

そこにはビニール傘や黒い傘、青い傘を差すたくさんの人が歩いているだけだった。

「ね。まひる」

「うん？」

花音《かの》ちゃんの目は、キラキラと輝いていた。

「……わたし、閃《ひらめ》いたかも」

＊＊＊

合宿から、数週間後。

私たちは花音ちゃんに案内されて、とあるライブハウスに来ていた。

「「「……おお〜〜っ！」」」

私たちは声をあげていた。

そこはキャパシティこそそこまで大きな会場じゃないけれど、白と黒を基調にしたキューブ型のライブ会場で、むき出しになった機材が少なくシンプルなのが洗練されていてかっこいい。

この前にも二つほどの会場を視察してきたけれど、なんというか私的には、ここにときめいていた。

「ここなら予算内にも収まりそうだし、いいんじゃないかな!?」

花音ちゃんもワクワクした口調で言う。

合宿までしておいてなんだけど、この光景を見るまでなんとなくまだ、自分たちがライブをするんだっていう実感が湧《わ》いていなかった気がする。

けど、こうして自分たちがやりたいと思える場所に立って、観客席を見る。

それをするだけで緊張と──そしてワクワクが、込み上げてきた。

「ね、私、すっごく楽しみ！」

私が素直にそれを口にすると、どうしてだろう、三人がくすっと顔を見合わせて笑った。

「え、なに」

私が尋ねると、キウイちゃんが口角を上げながら答えてくれた。

「だって、まひるがそんな子どもっぽく『楽しみ！』って、珍しいだろ」

「う……たしかに」

けど、これは大好きなJELEE《ジエリー》の初ライブなのだ。

「けど、楽しみでしょ？　キウイちゃんも」

いつもはこういう真《ま》っ直《す》ぐな言葉には斜に構えて対応しがちのキウイちゃんだけど、今日は素直にくすっと笑った。

「そーだな。……私、音響周り見てくる！」

熱にあてられたのか、キウイちゃんは積極的に頷《うなず》くと、ステージの裏のほうへ行った。

そんなキウイちゃんを見送ると、花音《かの》ちゃんはうずうずしたように言う。

「そうだ！　見てて！」

そして、観客席まで走っていった。

「……？」

私とめいちゃんが顔を見合わせると、花音ちゃんは大声で、

「すいませーん！　ちょっと照明落としてもらってもいいですか？」

言葉を合図にスタッフの方が「はーい！」と返事して、会場が真っ暗になる。近くにいるめいちゃんすら見えないくらいの真っ暗な空間がそこに生まれた。

――と、そのとき。

花音ちゃんが走って行った観客席のほうで、青い長方形の光が点《つ》いた。

「……あれって」

「ののたん？」

暗闇《くらやみ》のなかで青い光がゆっくり揺れはじめて、ちらちらと、青く照らされた花音ちゃんの顔も見えた。

そこで気がつく。あれは、花音ちゃんのスマートフォンから放たれる光だ。

ゆらゆら、ゆらゆらと揺れる光は、たった一つの光だったけれど、それでも暗闇に浮かぶ青はなんだか幻想的で。

どこかさらにこの先のきらきらを思わせる、ワクワクするような輝きがあった。

私は思い出していた。

花音ちゃんが話していた、青いサイリウムの光景を。

ファンと一つになることができる、花音ちゃんが大好きな青い光景だ。

「……っ！」

私はめいちゃんと、花音ちゃんの光源でうっすらと照らされた顔を見合わせると、にっと笑う。

「こんな風にみんなが照らして、会場が光で一杯になるんだ！」

合宿で聞いた言葉と、いまの花音ちゃんの活き活きとした語り口で、なんだかその景色が鮮明に想像できたような気がした。

「最っ高じゃない!?」

光が弱くてあんまり見えないけれど、きっと花音ちゃんはいつものあの、無邪気で真《ま》っ直《す》ぐな笑顔を浮かべているのだろう。見えなくてもどんな笑顔をしているかわかった気になるなんて、私もヤキが回ったものだ。

「……私、それ早く見たい」

なんて欲張ったことをしれっと言えてしまうくらいには、私はワクワクしていた。

「ですね。……楽しみです！」

「だねっ！」

めいちゃんもぴょんぴょん跳ねながら、楽しそうな声を漏らしている。

青い光、広い会場、共有できた野望。

ただそれがあるだけで、このライブの成功を約束されたような気がしていた。


――そのとき。


「花音《かの》ッ！　花音ーッ！」

ばちん、と。

不意にステージの照明がついて、花音ちゃんが放つ幻想的な青い光はかき消される。

珍しく焦った表情で、キウイちゃんが走ってきながら叫んでいた。

「ど、どうしたの……？」

「これ！　見ろ！」

動揺する花音ちゃんに、焦りから命令口調になっているキウイちゃんがスマホを突きつけた。

「――え」

花音ちゃんが、心底絶望したような声を落とす。

「ど、どうしたの……？」

私はそのただごとじゃない形相に怯《おび》えながらも、キウイちゃんのスマホを覗《のぞ》き込む。

すると——そこには。

『暴行事件で引退の元アイドル、女子高生四人で匿名の音楽活動をしていた。配信者が暴露』

私たちの仮面を引き裂く、ネットニュースの記事が表示されていた。


わたしたち四人はカフェバーに立ち寄って、その配信を見ていた。

本当に最低で最悪で、逃げたくなるような現実だ。

『——いやぁ、びっくりしましたよ。三年くらい前に配信で取り上げたののかちゃんいるじゃないですか。覚えてる？　暴行アイドルの橘《たちばな》ののか。あの子がねぇ、実はこっそり歌手活動再開してたらしいのよ』

小馬鹿《こばか》にするような声と、関西弁混じりの独特なイントネーション。

あくまで正当性のあるポジションに陣取るような言葉運びで、その配信者は橘ののかのことを語っている。

『これ、じぇりー、って読むのかな？　っていう顔出しなしのVみたいなシンガーがいて。それがののかちゃんらしいのよ。なんか前々から声が似てるって話はあったらしいんだけど、とあるライブの画像で、ほくろの位置が一致したらしくて』

わたしの脇腹《わきばら》には、特徴的な三つのホクロがある。脇腹の大三角だとか、幸せのトライアングルだとか、濃いファンのあいだではそう呼ばれていて、だからわたしは念のため、普段着る服ではその部分は露出しないように、なんとなく気をつけていた。

だけど、あのとき着た衣装は、わたしのものではなかった。

本当に、迂闊《うかつ》だ。

『まあJELEE《ジエリー》本人として出たライブじゃないらしいから確定じゃないんだけど……JELEEのコピーバンドとして出てて、見た目も渋谷《しぶや》のゲリラライブのときと似てるでしょー？　……あとこのライブに出てた馬場静江《ばばしずえ》って、渋谷ハロウィンライブのときのアイドルの子らしいんだよ。これはまあ、状況的に九割黒やろねえ』

ここまで状況証拠が揃《そろ》えば確定だ。

警察や司法だったらきっと、もっと完全に黒になるまで、裁くのを待ってくれるだろう。

疑わしきは罰せず。わたしがほとんど行っていない学校でも、習った記憶がなんとなくある。

けれどその原則は、ここでは通用しない。

こうなってしまったらインターネットはきっともう、止まることはない。


あのときわたしを——橘《たちばな》ののかを引き裂いたように。

今度は山ノ内《やまのうち》花音《かの》を、ううん、JELEEを。

匿名と悪意の暴力によって引き裂いてしまうだろう。


ぜんぶ、わたしのせいだ。


「なんだよ……これ」

キウイが言葉を失っている。なにを言うべきなのかわからないのだろう。

「ごめん。……わたしのせいで」

「そんなことないです！　あのときの衣装は、借りたものだったし……！」

JELEE《ジェリー》についてXで調べると流れてきたのは、『いかがでしたか?』で締めくくられるまとめサイトだ。彼氏は、だとかスリーサイズは、だとかアクセスを集めるためだけに作られた胡《う》散臭《さんくさ》い情報だらけのサイトだけれど、検索結果の上に表示されるようにするノウハウだけは一流のそのサイトは、きっと今後わたしのことを調べたときの履歴に、消えない傷を残す。

「そうじゃなくて……わたしの過去のせいだよ」

まひるが、息を呑《の》んだ。

「普通に匿名で活動してるだけだったら、こんなことにならないもん」

次にわたしが表示したのはYahoo!ニュースのコメント欄だ。

今回の顔バレが記事になって、たくさんの意見が表明されている。

『罪を償って再始動なら理解できなくもないですが、説明もせずに顔を隠して……やましいことがある証拠ですね』

『結局、暴力事件を起こしても平気で歌なんか歌える図太い人がのさばるんでしょうね。若さは言い訳になりません』

『つーか、誰?』

中にはわたしをかばうコメントもあるけれど、過半数は好意的ではなかった。そりゃそうだ。だってわたしがメロを殴ったということだけは、事実なのだから。

「ううん。それでもここまで来れたのも、花音《かの》ちゃんのおかげだもん」

かばうようにまひるが言ってくれるけど、なんだかその言葉はもう、わたしのなかに入ってこなかった。

「……けど」

逆接の言葉しか出てこなくなっていて、わたしはそういう業界人のことが嫌いだったはずなのに、自分がそうなったら改めることができなかった。

「とりあえず、全員がバレたってわけじゃないみたいだし、ほとぼりが冷めるのを待てばなんとかなるよ。インターネット老人の私が言うんだから間違いない。それに……今はもっと大事なことがあるだろ？」

いまは根拠のない優しさよりも、キウイの現実的な言葉のほうが、なんだかわたしの心を安心させてくれた。

＊＊＊

「中止……!?」

ライブをやることになっていた会場の事務室で、わたしたちは運営さんたちと話している。

事件発覚から数日後。状況は相変わらず好転することはなくて、この状況を知った運営さんが、話したいと連絡してきたのだ。

「……申し訳ないけど……結構な数のメッセージと……中にはまあ、悪戯《いたずら》だとは思うんだけど、脅しみたいな文面もあってねえ」

わたしたちを困らせようと思ってこんなことをしているのではない。

厳しいことを言う運営さんだけど、実際にこの人も、被害者の一人なのだ。

過去にわたしが起こしたことが、この悲しみの連鎖を生んでいる。

わたしが我慢できずにメロを殴ってしまったという事実が、わたしの孤独を生んだ。

なのに歌いたくて自分を貫いてしまったというわがままが、世間との軋轢《あつれき》を生んだ。

それでも一人ぼっちが寂しくて、仲間を作りたくなってしまった弱さが――わたしの大切な人たちを傷つけるきっかけを作った。

もう、たくさんだった。

「け、けど私たちはこのライブのために――！」

「めい。ごめん。もう、大丈夫」

「え？」

醒《さ》めたように言うわたしの言葉に、めいは少なからず驚いたみたいだった。だってわたしは元気で明るくて、だからこんなどろっとした部分を抱えてるなんて、気持ち悪くてしかたないもんね。

「もう、いいんだ」

でも、投げやりになったわけじゃない。

わたしはこれ以上、わたしを孤独から救ってくれた、大好きなみんなを振り回したくなかった。

「このライブだって、わたしがやりたくて、わたしのわがままで始めたことだしさ。これ以上、みんなに迷惑かけられないよ」

混じりけのない、本音だった。

「わたしのわがままに、これ以上みんなを巻き込めない」

決意を持って言うけれど、

「――花音《かの》ちゃん。それは違うよ」

怒気の混じった静かな声が、わたしの声を塗りつぶした。

それは、まひるが放ったものだった。

はっきりとした語調に、わたしも、めいもキウイも驚いている。

まひるは静かな口調で、けれどわたしをじっと見て、言葉を並べる。

「たしかに最初はそうかもね。花音《かの》ちゃんが無茶を言い出して、仕方ないなあって私たちがついていって。けどさ、本当にそれだけだと思う？」

まひるの言っている意味が、わたしはわかっていなかった。

まひるはじっと、叱《しか》るように、目の奥を覗《のぞ》き込んでくる。

「だって私ももう、見たくなってるんだよ。
花音ちゃんの見た——綺麗《きれい》な景色を」

息を呑《の》んで、言葉を失ってしまった。

「だからライブは花音ちゃんだけのわがままじゃない。迷惑なわけない。

これは私たち四人の——JELEE《ジエリー》の、やりたいことだもん」

まひるの言葉に、キウイとめいも立ち上がって、順番に頭を下げる。

「ご迷惑をかけてしまっているのはわかるんです。けど、どうにかならないでしょうか？」

「私からも、お願いします！」

全部わたしが悪いのに、どうして三人が謝っているんだろう。頭を下げているんだろう。

どうしてわたしのことをこんなに、大切に扱ってくれるんだろう。

ほんとうに、どうして。

「みんな……。――っ！」

わからなかった。みんなに迷惑をかけて、わがままばっかり言って、いつも自分勝手に振り回して。そのくせちょっとつまずいたらこんなふうにネガティブになったりして、みんなを心配させて。

こんな子どもみたいな女が、大切に扱われる権利なんてあるはずないのに。

なのにわたしはいま、一人じゃなかった。

こんなに大事な仲間が、すぐそばにいた。

「――お願いしますッッ!!」

裏切れないと思った。やっぱり、失いたくないと思った。

みんなが見たいと思ってる景色を、一緒に見たいと思った。

だからわたしは思いっきり頭を下げて、誰よりも大きく叫ぶ。

「お願い……っ、お願いしますッ!!」

懸命に、ただ懸命に。

不器用なわたしには、それ以外にやり方がわからなかったから。

「そ、そう言われてもねえ……もし損害が出たらどうするの？　高校生に責任を取ってもらうってわけにもいかないし――」

「それなら……」

めいが、わたしとお揃《そろ》いのバッグから、封筒を取り出した。

そして、事務所の机の上に、その中身を叩《たた》きつけた。

「補塡《ほてん》します!!」

めいの手のなかにあったのは――

あのときの、一〇万円だ。


運営さんがぎょっとして、眉《まゆ》をひそめる。

「あのね、女子高生にここまでしてもらうわけには――」

「いいんです！　だって――」

めいは半ば涙目になりながら、必死に訴えかけた。

「推しの夢は、私の夢なんです！」


返す言葉がないようで、運営さんは難しそうに「うぅむ」と唸《うな》っている。

「無観客なら――どうですか？」

そこで言葉を挟んだのは、キウイだった。

「……無観客？」

運営さんが、怪訝《けげん》に言う。

「はい。観客を入れずにライブをして、その様子を配信するんです。そうすれば少なくとも、暴力事件は起こりません」

「……キウイ。けどそれじゃ、ファンのみんなと——」

「花音《かの》」

キウイがわたしを制した。

「つながれる」

それは、たしかな自信を感じる口調だった。

「私が保証する。会場が違っても。……画面越しでも、人はつながれる」

キウイは、わたしの目を真《ま》っ直《す》ぐ見て。

「——少なくとも私は、そうやってきた」

迷いなく、言い切った。

「キウイ……」

「だからここは……私を信じてくれないか？」

それはきっと、キウイが一人ぼっちになってからずっと、やりつづけてきたことで。

「……わかった」

だとしたらわたしは仲間の言うことを、信じてみたい。

そう思った。

＊＊＊

夜の宮下《みやした》パーク。

わたしたちはライトアップされた階段の縁に、腰掛けていた。

「ののたん――」

「いやぁ〜、なんとかライブできそうで良かったね！　ちょっと形は変わっちゃったけど！

あはは！」

わたしが元気を作りながら言うと、まひるが顔を覗《のぞ》き込んで、

「……無理、してない？」

「……無理って？」

わたしが聞き返すとまひるは、心配したように、けれど嘘《うそ》を許さないような、どこか厳しい口調で言う。

「この状況で……本当に、ライブしたいって思えてる?」

「それは……」

難しい質問だな、って思った。

だってその問いにはたぶん、わたし一人では答えを出せない。

「……まひるは」

「え?」

じっとまひるを見て、わたしは言う。

「まひるはわたしの歌、聞きたいって思ってくれてる?」

このタイミングでこんなことを聞くのは、おかしいだろうか。

けれどわたしの中では、とても大事なことだった。

「……聞きたいよ」

まひるは、じっとわたしを見つめる。

「私、花音《かの》ちゃんの歌、ずっと聞いてたい」

「そっか。……ありがと」

息を吸う。

わたしは空っぽで、あのときに全部を失って、だからがむしゃらに走るしかなくて。

でも、いまは大丈夫。

だってわたしにはいま、届けたいものが——その相手がいるから。

「……わたしね。JELEE《ジェリー》を始めたときは、みんなを見返したい、わからせたいって気持ちばっかりだったんだ。けど……」

頭に浮かぶのは、まひると一緒に見た海。そこでもらった、大切な言葉。

わたしの空っぽに理由をくれた、オレンジ色にキラキラ輝いた、大切な日だ。

「いまは歌う理由、ちゃんと見つけたから！　わたしはもう、なにがあっても平気！」

その言葉にまひるは一瞬目を丸くすると、やがて包み込むように、優しく微笑《ほほえ》んだ。

数日後。

俺は平日からパソコンの前にかじりついて、JELEEの炎上の様子をじっと眺めていた。

花音《かの》の過去の暴行事件という『叩《たた》いていい理由』を見つけたネット民たちは、その歪《ゆが》んだ好奇心を正義で包んで、俺たちの仮面を暴こうとしている。女子高生四人組の匿名グループらしい、というセンセーショナルな言葉が見出しとなって煽《あお》られた人々の興味は、この調子だと花音だけではなく、俺たちのことも全員、毒牙にかけてしまうだろう。

「――ちっ」

漏れた舌打ちにはきっと、自分の顔バレを恐れる焦りも含んでいる。だけどここ数年、学校にも行かずにインターネットの深部を覗《のぞ》きつづけてきた俺には、わかってしまっていた。

こうなってしまった大衆の暴力を止める手立ては、この世界には存在しない。

そして花音はきっと――それをまた、ぜんぶ自分の責任だと背負おうとするだろう。

「……くそ。けどとりあえず、ライブの演出を……」

当初の予定がすべて崩れて、台無しになってしまったライブ。花音の希望もあって観客との一体感を重視した映像やプランを考えていたから、無観客ライブになってしまった現状、ほとんど一から考え直しになってしまっていた。

だけど、勝算がないわけではなかった。

俺は自分が花音に語った言葉を思い出す。

『私が保証する。会場が違っても。……画面越しでも、人はつながれる。

――少なくとも私は、そうやってきた』

あのとき言いながら考えていたのは、俺がいつも見ているVTuberの界隈のことだ。

Vの界隈でも音楽のライブは行われているけど、たとえそれが会場すらないバーチャルなライブでも、コメントやスーパーチャット、SNSとのリンクやハッシュタグ、ファンアートなど、インターネットのさまざまな要素を使って、いくらでも一体感を演出できた。

ならば俺なら。——最強VTuber竜《りゅう》ヶ崎《がさき》ノクスなら、無観客でもそれができるはず。

そう思っていたのだ。

「……っ！」

そのとき。

眺めていたTweetDeckのエゴサのタブに、見慣れないハッシュタグが流れるのが目に入る。

それはなんというか、俺がいままで生息していたインターネットの闇《やみ》とは真逆の、純粋無垢な投稿とでも言えばいいのだろうか。

けれどそれは、一つの輝かしい可能性を孕んだ投稿で。

俺はじっとその投稿を見つめて、考える。

きっとこの投稿一つだけでは到底、この歪《ゆが》んだ流れを変えることはできない。

だけど、もしもこの流れを大きなものすることができれば、そのなかをJELEE《ジェリー》というクラゲが、泳ぐことができるような気がした。

「……ったく、しょうがないね」

できれば使いたくなかった奥の手だ。俺はXのアプリから俺が持つアカウントの一覧を開く。

そこには、俺がいつも使っているJELEEのアカウント、竜ヶ崎ノクスのアカウントのほかに——俺が引きこもっていた数年間、MAD用、ナードコア用、動画編集用、FPSのつながり用などにそれぞれ作っていたいくつものアカウントが、ずらりと表示される。

それは一つ一つは決して大きなアカウントではなかった。けど。

「ここは、一肌脱いでやるか」

一人で言いながらも俺は、俺が持っているすべてのアカウントで、流れのもととなりうる投稿をRPしていく。

一応は俺が何年も育ててきた、アカウントの数々。それをどうしてここまで誰か一人のために使っているんだろう。そんなことを考えていると、俺の頭のなかには、花音《かの》からもらった、一つの言葉が浮かんでいた。


——『キウイはもう、一人ぼっちじゃない!!』


はあ、と我ながらため息が出る。

孤独を気取って、最強と嘯《うそぶ》いて、けれど逆張りと言われるのも腹立つから逆張りの逆張りで順張りなんてポジションまで取ってみせて。

そんなふうに捻《ひね》くれて捻くれて生きてきた俺が、まさかこんな理由で、誰かのことを助けようと思うなんて、思わなかった。

本当に、あの子どもっぽいドロップアウト野郎には、調子を狂わされる。

けど。


「ま。……恩返し、だな」

ガラにもないことをつぶやきながら、けれどなんだか愉快な気分で、自然と口角が上がっていた。


それから数週間後。ライブの本番の日。

わたしたち四人は無観客で開催されるライブの舞台袖《ぶたいそで》で、クラゲのイラストが描かれるはずだった、真っ白なワンピースを着ている。

まひるとキウイとめいは白い仮面を被《かぶ》っていて——わたしは、素顔のままだ。

炎上事件があってからキウイが主導して新しく考えてくれた、新しいライブの演出。

わたしはいま、これでこの炎上を、乗り越えようとしている。

誰もいない観客席で歌うのは初めてだから、眺めていると怖くなってしまう。

そんなわたしの表情から察したのだろうか、キウイがわたしの肩をぽん、と叩《たた》いた。

「大丈夫だ」

自信ありげに笑った。

「……ホントに？」

「私が保証する」

キウイは、手に持っているノートパソコンを、自慢げに掲げると、

「私にとってはここが世界だってことを、花音《かの》にも教えてやるよ」

「……そっか」

八重歯がキラッて輝くその捻くれた、けどどこか人なつっこい笑顔を見ていると、わたしはなんだか前向きになってくる。

「うん。みんな……行こう！」

もう開演時間が近い。

わたしはみんなに呼びかけると、四人でステージにあがる。

観客席の最前列、ステージから見えやすい位置にモニターを置いてもらっていて、そこに流

れるライブのコメントは荒れている。同時接続はすでに一万人を超えていた。その何割が、悪意を持った野次馬なのだろう。

「それじゃあ、始めます！」

ライブハウスのスタッフの一声で、ついに映像と音声の配信が始まった。

映像の配信が始まる。仮面をつけた三人と、顔を見せないで俯《うつむ》いているわたしの映像が、全世界に配信されはじめた。

まだ曲は流れていない。けれど開始と同時にコメント数と視聴者数がさらに伸びていく。わたしたちのファンと、そしてただ話題になっている現象を見たいだけの野次馬たちが、どんどんとここに集っているのだろう。

いいよ、だったら見せてあげる。

会場を一つの色で塗りつぶすためのライブが、いまここで始まるんだ。

――曲のリズムと始まりを合図するスティックの音が、会場に響き渡った。

「この夜を染めてゆく光が　見えるよ――っ」

曲が始まる。わたしが前を向いて歌いはじめると同時に、会場の照明が落とされた。

会場は完全な暗闇《くらやみ》に染まって、わたしたち全員の顔が見えなくなる。

わたしは暗闇のなか、ライブの準備をしていたときのことを思い出す。

「花音《かの》。これ、知ってるか?」

宮下《みやした》パークでキウイに見せられたのは、Xのとあるハッシュタグ。

ポストに『#JELEE《ジエリー》はこの子だ』をつけて投稿された、JELEEちゃんのイラストたちだった。

「……なにこれ」

いくらスワイプしてもスワイプしてもなくならない、たくさんのファンアート。これまでに見てきたものからは想像つかないほど、数えきれない量のJELEEちゃんが、数日だけで投稿されていた。

「ファンアート……こんなにたくさん? どうして?」

「これ、ただのファンアートじゃなくてさ」

「うん?」

キウイは、にっと笑って言った。

「――『仮装』なんだ」

イントロが終わって、わたしの歌が改めて始まる。

同時にプロジェクターで会場に映し出されたのは、さまざまな絵柄で描かれたJELEE《ジェリー》ちゃんのファンアートをいくつもつなぎ合わせてできた、コラージュ映像だった。

キウイの言葉が、わたしの頭のなかに蘇《よみがえ》る。

——「全部、同じコンセプトで書かれてるんだよ。リアルの顔なんか関係ない。JELEEはこの仮想の女の子なんだ、ってさ！」

会場をJELEEちゃんのファンアートが埋め尽くす。

現実よりもカソウを信じるわたしたちのファンが、二次創作でわたしたちを応援してくれる。激しく動くコラージュ映像が、会場を青に染めた。

無観客だけど無観客じゃない。ライブ会場に煌《きら》めくクラゲたちが、JELEEの観客なんだ。

——「染めようぜ。会場を、花音《かの》が選んだ色で！」

キウイが舞台上でパソコンを操作して、ファンアートを素材にした映像を操っている。まひるはタブレットをスクリーンに繋《つな》いで、リアルタイムでイラストを描いている。

そんな二人が生み出すクラゲのコラージュ映像は、わたしたちの背後にあるスクリーンにだけ映し出されているのではなく——次第に。

わたしたちそのものに、映し出されていった。


白い服と白い仮面を被《かぶ》ったわたしたちJELEEのリアルの姿。

まるであの合宿でプロジェクターの光を映し出したスクリーンのように真っ白なわたしたち自身に、ファンが描いてくれたファンアートが映し出される。

いま、スクリーンになったわたしたちの姿は消えてなくなって、『現実《リアル》』のすべてがJELEEちゃんで塗りつぶされていた。

まるで現実を——仮想が塗り替えるみたいに。


『暴力アイドル』

『橘《たちばな》ののか』

『責任とってやめろよ』


モニターから見えるコメント欄はアンチと、面白半分の荒らしで溢《あふ》れている。

だけど。

『』

『』

『』

それ以上に大量のクラゲのスタンプが、流れを塗り潰《つぶ》していた。

キウイがパソコンで映像を切り替えると、わたしたちに映し出される映像は、コラージュからインターネットの様子に切り替わった。Xの『#JELEE《ジエリー》はこの子だ』タグで、リアルタイムに新しいJELEEちゃんが生まれている。そんな様子が、顔バレしてしまったわたしの顔面をスクリーンにして、世界に配信されていく。みんなが創ったJELEEちゃんが、わたしという現実を書き換えていく。

わたしの顔が消えて、新しいJELEEが生まれて。

わたしの歌詞が響いて、誹謗《ひぼう》中傷が押し流されて。

仮想で仮装したJELEE《わたし》という存在が、会場とインターネットを、青に染めていった。

モニターから見えるコメント欄も、キウイが映し出すSNSも、全部がクラゲだらけになっていく。『橘《たちばな》ののか』『暴行アイドル』を大きく引き離して『#JELEEはこの子だ』がトレンドインして、その仮想世界の現実がまた、顔をスクリーンにしたわたしを仮装にした。

「顔バレ？　アンチコメント？　関係ないね」

キウイの得意げな声が聞こえたような気がした。

ハッカーみたいに画面を操作しながら、勝ち気な笑みを浮かべている。

「そんなの全部——押し流せ！」

現実とインターネットが仮想のクラゲで埋め尽くされたいまこの瞬間。

わたしはその波に乗って、過去の全部を振り切るような歌を歌って——

会場とわたしの世界を、いま歌っている新曲の名前の通り、『青一色』に染め上げていた。

＊＊＊

数十分のパフォーマンスを終えて、最後の曲が終わる。

真っ暗なままの会場にはこのライブ中にまひるがリアルタイムで描いたクラゲのイラストが表示されている。周囲を囲う壁をクラゲが破壊して、外に飛び出ていくような様子が描かれたそのクラゲのイラストは、まるでこのライブに向けたわたしの気持ちに似ていて。

はあはあと、あがりきった息をしながら、わたしはそのイラストをじっと見つめていた。

「配信終了、しました！」

スタッフの声を合図に電気が点《つ》き、明るくなる会場。わたしはもうほとんど立っているのがやっとで、急に明るくなった明暗の変化にすら、ついていくのがしんどかった。

「まひる……めい……キウイ……。わたし……」

わたしの意識はふらふらと、朦朧《もうろう》となっていく。

「ののたん……」

「花音《かの》！」

めいとキウイが心配そうに、わたしに駆け寄ってくれる。まひるはどうしてだろう、どこか呆然《ぼうぜん》としたような、けれど満足げな表情で、わたしと会場を交互に見ていた。

「ライブ、ちゃんと届けられた……？　ファンのみんなと……一つになれたかな……？」

わたしが息も絶え絶えに言うと、

「花音ちゃん」

まひるが、にっこりと微笑《ほほえ》みながら言う。

「最っ高に……綺麗《きれい》だったよ！」

目の奥がキラキラと輝いていて、熱を持った声色は前のめりで。

まひるはなんだか、わたしと同じ景色を、見ているような気がした。

「ファンのみんなの応援。——青いクラゲの、サイリウム！」

そう言ってもらえて、わたしのなかに、いくつもの言葉が蘇《よみがえ》った。

——『だからわたし、感じたいんだ！

ファンと一つになれる瞬間を、みんなと一緒に！』

——『だって私ももう、見たくなってるんだよ。

花音ちゃんの見た——綺麗な景色を』

そっか。わたしはみんなに、見せられたんだな。
一人一人の顔が見える、青いサイリウムの景色を。

「……うんっ！」

わたしは一粒だけぽろりと涙を流すと、まひるに笑みを返して、それを思いっきりぬぐった。

「こ、これ……」

楽屋で花音《かの》ちゃんが、私たちのライブ配信のアーカイブを見ながら、絶句している。まだ配信してから一時間も経っていないのに、もう一〇万再生を超えた。過去最高のスピードで、再生数が伸びていく。コメント欄を見るともちろんアンチもいるけれど、好意的な反応が圧倒的にそれを上回っている。

「よ、喜んでいいんですかね？」

「ま、今の花音はなにも悪いことしてないわけだしな」

めいちゃんがわなわなと唇を震わせていて、キウイちゃんがそれをなだめる。

そしてキウイちゃんは得意げに笑うと、花音《かの》ちゃんの肩を叩《たた》いた。

「……ピンチはチャンス、なんだろ?」

「あははっ。そうだね。……そうだった!」

花音ちゃんはぱーっと笑うと、

「よーし! それじゃあ次はどんな曲作ろっか!」

「け、けど……大丈夫なんですか? 少し休憩しても……」

めいちゃんが心配そうに言うけれど、花音ちゃんはにっと余裕そうだ。

「大丈夫! だよね! まひる!」

子どもっぽく私に振ってくる花音ちゃんは、なんだか嘘《うそ》じゃない元気があるように見えた。

「もう。そういうときすぐ私に振るんだから」

「えへへー。せっかくだから勢いに乗って、すぐに動画出したほうがいいよね?」

なんだか変に前向きになっている花音ちゃんだけど、これはきっと、ライブの魔力ってやつだと思う。

「うーん。けど、だからこそ手を抜いたのは上げられないいんじゃないかなあ。いままで一番ハードル高いかも」

私が言うと、花音ちゃんも頷《うなず》いた。

「じゃあさ！　次はイラストも沢山使って、大作を作ろうよ！」

「うん。いいね！」

私は花音ちゃんと一緒に、次回作の構想を練りはじめる。

「例えば、自由に泳げるクラゲとそうじゃないクラゲがいて――」

「あ。だったらさ。そこでクラゲがみんなに向かって――」

阿吽《あうん》の呼吸みたいに言葉が転がって、次々とアイデアが出てくるのが本当に楽しい。

「じゃあさ、それ、今年の集大成として出そうよ！　大晦日《おおみそか》に記念動画としてさ！」

「いいね。それならスケジュールも現実的だし……」

「うん。それじゃあ……」

そして私たちは、互いを求め合うようにキラキラと笑って。

「「――約束ね！」」

＊＊＊

その日の夜。自分の部屋。

あんなライブなら何度でもしたいと思ったたし、なんだか自分が特別に思えた。まだ高校三年生の若造だけど、自分が死ぬときにはたぶん今日のことを思い出すんだろうな、なんて痛いことを思っている自分がいる。本当に、すごいライブだった。

私がライブの余韻に浸りながらメールをチェックしていると、見知らぬアドレスからのメールが届いているのを見つけた。

それを開いて文章を読んだとき、私は目を見開いてしまう。

『この度は海月《うみつき》ヨルさまに、弊社プロデュースのアイドル、サンフラワードールズのミュージックビデオ用のイラストをご依頼したく、メールいたしました』

それは私とは直接関わりはないのに、他人じゃないくらいに、本当に見覚えがある名前で。

『早川《はやかわ》プロダクションの――早川雪音《ゆきね》と申します』

「……え」

自分でも感情がわからない声が、電気の消えた部屋に響いた。

あとがき

この度は『小説 夜のクラゲは泳げない』第二巻をお読みいただきありがとうございます。屋久《やく》ユウキです。

本ノベライズも第二巻となり、ということはこれが発売するころにはアニメも終盤をむかえているころかと思います。多くの人の熱意や愛が詰まったアニメ、お楽しみいただけているでしょうか。このあとがきを書いているときの僕はアニメが中盤ごろの時間軸にいるのですが、日々みんなの感想を見ながら楽しい日々を送っています。執筆もしています。

さて、第一巻のあとがきではアニメとノベライズで違っていた部分について解説しましたが、『小説 夜のクラゲは泳げない』第二巻でもアニメと小説で違う部分があることに、気がついた方もいらっしゃるのではないでしょうか。今回も例のごとく三か月連続刊行でスケジュールがギリギリなため、こちらの解説をもってあとがきに代えさせていただこうかなと思っています。

といっても実はこの二巻の内容にあたるアニメ五～八話ですが、八話は大きな変更がされているのですが、それ以外の三編はほとんど脚本をそのまま映像にしていただいているのに近いものになっています。もちろん細かくテンポ感などのために微調整はあるのですが、もし脚本を読んでからアニメを見たとしても、大きな違いに気づかないくらいの僅かな変化しかないと思います。

　ただ、しっかりアニメの内容を記憶してくれていた人の一部は、五話にあたる五章を読んだ際、構成の変化があったことに気がついたかもしれません。

　まひるがアンチコメントに倣って自分の絵を修正していったあと、壁画に自らの名前を書き直しにいったシーン。アニメではアンチコメントのシーンから壁画のシーンへつながっていきましたが、小説では先に絵が完成し、花音《かの》たちにみせて動画をアップしてから、その帰りに壁画に立ち寄っています。

　ですが、実はこれは脚本からコンテになる際の変更ではなく、僕が脚本を小説にする際に変更した部分になります。

　まひるがアンチコメントと向き合っている場面。アニメでは言葉よりも映像で説明したいという現場の意向もあったので、このシーンのセリフは短めのモノローグに留めて、音楽や表情に説明をおまかせしました。

　ですが小説ではもちろん音楽を使うことができないので、もともと五話のプロットを考えていたときにシーンのコンセプトの核にしていた「言葉に流されるクラゲだからこそ、アンチコメントを糧《かて》にできる」というやや捻《ひね》った部分を地の文でしっかり説明することで、音楽がないぶんの厚みを足しました。そうなると、そのシーンだけでまひるの努力がいかに身を削っているものなのかが伝わりやすいため、流れで絵の完成までをつなげてしまったほうがスムーズに感じたので、今回のような形となりました。

アニメ版では音楽や演出、演技の力でストレートな感動が生まれ、小説版ではまひるのやや捻《ひね》くれた部分によるダークヒーロー的な凄みにつながっていったのではないでしょうか。両方にいいところがあると思うので、その差を楽しんでいただけると、よりヨルクラという作品、そしてまひるというキャラクターへの理解が深まるのではないでしょうか。

そして前述したとおり、五〜七話はほぼ脚本のままでしたが、実は八話だけは、脚本からコンテになるにあたって大きな変更がありました。これは小説版を読んでいただいた方はお気づきなのではないでしょうか。

後半のカソウライブ。アニメのほうではライブ中に照射されるのは『観客』としてのクラゲたちでしたが、小説版では観客という役割だけではなく、顔バレした現実の花音《かの》の顔を『カソウの顔』で塗りつぶすための、ファンアートという役割になっていました。

また、アニメではライブ開始直前まで花音はキウイが用意した映像などについて知らなかったようなリアクションをしていますが、脚本や小説版では曲の間奏のあいだに回想に入り、事前に「#JELEE《ジエリー》はこの子だ」ハッシュタグの存在や今回のライブの趣旨について、花音がキウイたちと話している場面を挟んでいたので、このあたりの前提も大きく変わっています。

このあたりは八話のコンテを担当いただいたソエジマさんによるもので、ソエジマさんは三話なども担当していただいた自分の世界を持っている演出家さんなので、脚本を読んでイマジネーションを広げていただいたのだと思っています。

　このようにアニメの演出・コンテというのは、担当していただく人によっても脚本どおりに意図を再現する人、脚本の意図を残しつつプラスアルファを乗せる人、脚本に着想を得て新たな発想を広げる人など、いろいろなタイプの方がいらっしゃいます。特にヨルクラについてはすべての話の脚本を僕が担当しているので、コンテ・演出家さんによる色の違いというものがわかりやすいかもしれません。そう考えるとアニメというのは本当に、多くの人のアイデアや労力によって支えられているわけですね。

　それでは謝辞です。

　本書を出版するにあたり尽力いただいた担当の林田《はやしだ》さん、ガガガ文庫の皆さま、カバーを担当いただいたpopman3580さん、モノクロイラストを担当いただいた谷口淳一郎《たにぐちじゅんいちろう》さん。印刷所や書店・販路に関わっていただいた皆さん、動画工房、キングレコードのヨルクラ担当の皆さん。引き続き、誠にありがとうございました。

　そして、読者の皆さん、アニメを見てくださる視聴者の皆さん。ありがとうございます。

　アニメ・コミカライズともども、引き続き次巻もお付き合いいただければ幸いです。

屋久《やく》ユウキ

全コミカライズ！
私《わたし》占《うらな》いは信《しん》じてない…でも
この出会《であ》いって運命《うんめい》だよ
夜のクラゲは泳げない
JELLYFISH CAN'T SWIM IN THE NIGHT
コミカライズ版好評発売中‼
ヨル‼
ちゃんと見《み》てろよ!!!
ドクンッ
講談社漫画アプリ「マガポケ」にて
冒頭話はこちらから！
毎週日曜日更新中！

アニメ本編を完
まひると
花音の出会い、
めいやキウイのドラマを漫画でも！
私は気に入ってるんだけどな…
駐輪禁止
駐輪禁止
──私はサンフラワードールズの橘ののか のファンです
推しごとをしに来ました
んッー！
がばっ
あは
面白《おもしろ》そうじゃん
カチャ
カチャ
原作 JELEE 漫画 藤居にこ
1
夜のクラゲは泳げない
JELLYFISH CAN'T SWIM IN THE NIGHT
原作JELEE 漫画藤居にこ
(@NikoFujii25)

GAGAGA
ガガガ文庫

小説 夜のクラゲは泳げない2

屋久ユウキ
原作：JELEE

発行 2024年6月23日 初版第1刷発行

発行人 鳥光 裕

編集人 星野博規

編集 林田玲奈

発行所 株式会社小学館
〒101-8001 東京都千代田区一ツ橋2-3-1
[編集]03-3230-9343 [販売]03-5281-3556

カバー印刷 株式会社美松堂

印刷・製本 図書印刷株式会社

Printed in Japan ISBN978-4-09-453194-7

第19回小学館ライトノベル大賞
応募要項!!!!!!!!!!!!!!!!!!!!!!!!!!!!!!!!

ゲスト審査員は田口智久氏!!!!!!!!!!!!

(アニメーション監督、脚本家。映画『夏へのトンネル、さよならの出口』監督)

大賞：200万円＆デビュー確約

ガガガ賞：100万円＆デビュー確約

優秀賞：50万円＆デビュー確約

審査員特別賞：50万円＆デビュー確約

スーパーヒーローコミックス原作賞：30万円＆コミック化確約
(てれびくん編集部主催)

第一次審査通過者全員に、評価シート＆寸評をお送りします

内容 ビジュアルが付くことを意識した、エンターテインメント小説であること。ファンタジー、ミステリー、恋愛、ＳＦなどジャンルは不問。商業的に未発表作品であること。
(同人誌や営利目的でない個人のWEB上での作品掲載は可。その場合は同人誌名またはサイト名を明記のこと)

選考 ガガガ文庫編集部＋ゲスト審査員 田口智久
(スーパーヒーローコミックス原作賞はてれびくん編集部による選考)

資格 プロ・アマ・年齢不問

原稿枚数 ワープロ原稿の規定書式【１枚に42字×34行、縦書き】で、70〜150枚。

締め切り 2024年9月末日 ※日付変更までにアップロード完了。

発表 2025年3月刊『ガ報』、及びガガガ文庫公式WEBサイト GAGAGA WIREにて

応募方法 ガガガ文庫公式WEBサイト GAGAGA WIREの小学館ライトノベル大賞ページから専用の作品投稿フォームにアクセス、必要情報を入力の上、ご応募ください。

※データ形式は、テキスト(txt)、ワード(doc、docx)のみとなります。
※同一回の応募において、改稿版を含め同じ作品は一度しか投稿できません。よく推敲の上、アップロードください。
※締切り直前はサーバーが混み合う可能性があります。余裕をもった投稿をお願いします。

注意 ○応募作品は返却致しません。○選考に関するお問い合わせには応じられません。○二重投稿作品はいっさい受け付けません。○受賞作品の出版権及び映像化、コミック化、ゲーム化などの二次使用権はすべて小学館に帰属します。別途、規定の印税をお支払いいたします。○応募された方の個人情報は、本大賞以外の目的に利用することはありません。